alfaGuay

LOS LAGARTIJOS
La apuesta

ALEJANDRA VALLEJO-NÁGERA

2003, Santillana Ediciones Generales, S. L.
Torrelaguna, 60. 28043 Madrid
Teléfono: 91 744 90 60

Edición: Elena Fernández-Arias Almagro
Dirección técnica: Víctor Benayas

Aguilar, Altea, Taurus, Alfaguara, S. A. de Ediciones
Beazley, 3860. 1437 Buenos Aires. Argentina

Editorial Santillana, S. A. de C.V.
Av. Universidad, 767. Col. del Valle
México, D.F. C.P. 03100. México.

Distribuidora y Editora Aguilar, Altea, Taurus, Alfaguara, S. A.
Calle 80, nº 10-23, Santafé de Bogotá. Colombia

I.S.B.N.: 84-204-5791-4
D.L.: M-28.446-2003
Printed in Spain / Impreso en España por
Unigraf, S. L., Móstoles (Madrid)

1ª edición: abril, 1999
6ª edición: junio, 2003

LOS LAGARTIJOS
La apuesta

ALEJANDRA VALLEJO-NÁGERA

alfaGuay®

Ilustración de
CRISTINA BELMONTE

Para Clara; y también, naturalmente,
para Lucía.

PERSONAJES

Los Lagartijos, una pandilla estupenda que se reúne en el Iglú, su guarida privada, y se estruja los sesos para resolver acertijos, enigmas y multitud de peligros con los que, sin querer, se topan a cada paso que dan.

G.J. un chico bastante corriente, con apetito voraz, al que le chiflan los plátanos de Canarias. Vive en un sitio chulísimo. Su nombre verdadero es Gerardo Jaén, aunque casi nadie lo sabe.

Micro, la chica más veloz, lista, delgada y bajita del grupo. Posee una especial habilidad para descubrir pistas antes que nadie. Detesta estar sola en el Iglú.

Zas, es decir, Zacarías Rodríguez. Tiene el pelo corto y puntiagudo como un cactus. Siempre lleva la visera de la gorra hacia atrás. Presume de entender mucho de animales. Ha conseguido amaestrar a *Floro,* un halcón que campa a sus anchas y que no hace demasiado caso a su dueño. Zas está en la edad del pavo, y a veces, se pone bastante pesado.

El texto de este libro está plagado de enigmas cuyas soluciones hay que buscar en las ilustraciones que lo acompañan. Observa despacio los dibujos, encuentra las pistas y conviértete en un Lagartijo más.

CAPÍTULO UNO

El gusano de seda

Micro llegó a las seis de la tarde al hotel en el que vivía su amigo G.J; un hotel precioso, con veinte habitaciones, y veinte baños, y un comedor con doce mesas y cincuenta sillas.

Subió las escaleras que conducían al desván, donde se encontraba la guarida de Los Lagartijos. En cuanto abrió la puerta notó un golpe frío en el rostro, y su nariz adquirió instantáneamente el aspecto de un helado de tomate.

—*¡Brrrr!* ¡Este sitio no puede llamarse más que *el Iglú!* —pensó mientras se frotaba enérgicamente los brazos.

Zas y G.J. aún no habían llegado. Micro detestaba estar sola en el desván. Se acurrucó en una esquina y, para distraerse un poco, abrió la tapa de una caja de cartón que se hallaba junto a sus pies. Era una caja de zapatos vieja, agujereada, donde ella había guardado una colección de gusanos de seda. El problema es que todos se fugaron enseguida por los orificios excesivamente grandes de la tapa. Ahora sólo quedaba un gusano muy gordo, feo y fatigoso que, debido a su tamaño, no podía pasar a través de ningún agujero.

Durante algún tiempo, Micro había dudado de que se tratase realmente de un gusano de seda. En lugar de tener un punto negro por cabeza, este animal lo tenía rojo oscuro, moteado con pequeñas manchas de color marrón. Tampoco su piel era tan blanca como la de otros gusanos, sino un poco más verduzca, quizá contagiada por el tono de las hojas de morera que comía con tanta hambre.

Sin embargo, Zas, que presumía de saber mucho de animales, aseguraba que este gusano era de seda auténtico, aunque perteneciente a una especie menos común, más cara, superior, de cuyo capullo puede obtenerse un tejido muy codiciado por los emperadores de la China... pero Micro estaba convencida de que su amigo Zas se lo había inventado casi todo.

Volvió a concentrarse en la caja de cartón. En esos momentos el solitario gusano tejía, arrinconado en una esquina, un denso capullo amarillento alrededor de su cuerpo.

Se oyó un ruido extraño en el tejado que sacó a Micro de sus observaciones. Alguien parecía caminar sobre las tejas. ¿Sería G.J. haciéndose el gracioso? A veces, G.J. hacía ese tipo de cosas para asustar a Micro cuando se encontraba sola en el desván.

—¡Ya sé que estás ahí! ¡No me das miedo, que lo sepas! —chilló mirando hacia arriba.

El ruido incrementó... se movió hacia un extremo del tejado... desapareció por unos instantes... se oyó de nuevo; esta vez en la pequeña ventana del Iglú.

Con el corazón en vilo, Micro desvió la vista hacia ese lugar. Una sombra negra, majestuosa e imponente apareció tras el cristal, quitando la poca claridad que entraba por él.

Era *Floro;* el halcón amaestrado que siempre acompañaba a Zas.

—*¡Uf!* —resopló Micro. Nunca se acostumbraría a confiar en los ruidos del Iglú cuando estaba sola... aunque para ser exactos, no se hallaba sola del todo. En el desván vivía un nutrido grupo de insectos, ratones y lagartijas diseminados por los rincones. También estaba, naturalmente, el gusano de seda... si bien ninguno de estos animales proporcionaba una compañía demasiado tranquilizadora, que digamos.

CAPÍTULO DOS

La apuesta

Nada más reconocer a *Floro,* Micro percibió grandes risotadas que llegaban desde el otro lado de la puerta. Zas y G.J. estaban subiendo las escaleras que daban acceso al desván. Seguro que habían soltado a *Floro* a propósito para asustarla, y ahora se burlaban de ella. Seguro que encontraban la broma graciosísima. Seguro que habían llegado tarde adrede, para que ella pasase miedo...

—¡Hola Micro! ¿Por qué no viniste anoche? —preguntó riendo G.J. en cuanto abrió la puerta.

—Sí, tía, ¡lo que te perdiste! Fue guay, ¡qué *demasiao!...* ¡Nos colamos en el jardín de Urso!... —interrumpió Zas haciendo muchos aspavientos.

—¿De Urso? —preguntó Micro incrédula.

—Sí, de Urso, de ese monicaco con peluca, de ese... de ese... bueno, ¡yo qué sé! El caso es que estaban celebrando una fiesta en plan *finolis* y les espiamos, tía, ¡fue chachi!

—¡Si vieras la pinta que tenía Urso con pajarita! Estaba más ridículo que... que...

—¡Que una bici con ceniceros! —explicó Zas a carcajadas.

—¡Eso!... ¡Vaya juerga! —asintió G.J. tronchándose de risa.

—Lo malo es que nos pillaron. Nos pilló su padre —dijo Zas en tono triunfal.

—Sí, y luego se chivó a nuestras madres; y ahora ellas pretenden que vayamos a pedir perdón, ¡no veas!

Micro ladeó la cabeza. Su oreja izquierda permaneció pegada a sus rodillas; y así, acurrucada como si fuese un enorme huevo de colorines, preguntó: —¿Y?

G.J., se encogió de hombros. —Pues eso —musitó un poco cortado—, que te estuvimos esperando; pero al comprobar que nos habías dejado más *plantaos* que al palo de una sombrilla, nos fuimos sin ti.

Micro volvió la vista hacia la caja de cartón del suelo.

—Me castigaron sin salir —masculló con apatía

—Últimamente estás todo el día de arresto, tronca; ¿por qué ha sido esta vez? —preguntó Zas.

—Porque no me dio la gana de cenar.

—¡¿Ah, no?! —exclamó G.J. incrédulo en extremo.

—Es que había sesos rebozados.

—♒♓♎♒ *¡puajjj!* ♒♓♏&ç —graznó Zas.

G.J. se rascó el cogote y murmuró:

—Pues a mí... me encantan los sesos con azúcar...

—¡¡¿Los sesos *con azúcar?!!*

—Sí, ¡qué pasa!

—¡No te digo éste! ¡Ahora entiendo por qué también le gusta mi hermana Renata! —explotó Zas con una risotada.

G.J. se puso colorado. Sí, Renata molaba mogollón a pesar de que él intentaba con todas sus fuerzas que no le molara. Zas, que todavía seguía recordando el castigo de Micro, comentó con un suspiro:

—A veces mi madre se harta y me perdona la cena si doy tres bocados.

—¡Pues yo no estaba dispuesta a dar ni un solo mordisco... ni medio, ¡ni siquiera comería una miga enana de esa repugnante asquerosidad!

—Tía, ¡yo me tragaría cualquier cosa con tal de no quedarme castigado en casa como un idiota!... —comentó G.J. con desdén.

Micro le miró con una mueca de asco. —¡Venga ya! ¿Te comerías un *hígado?*

—Sí.

—¿Y qué tal unas cuantas arañas? Apuesto que eso no te lo comerías ni aunque estuvieses más hambriento que una piraña a régimen —le retó Zas.

—Las arañas son venenosas, tío, ¿quieres acaso que me muera? ¡A veces pareces tonto de remate! —respondió G.J. un poco harto de tanta pregunta.

—Bueno, pues apuesto que no eres capaz de comerte...

—¡Pero Zas! —exclamó Micro, y se puso a imitar a Zas en tono de burla—: Apuesto, apuesto... ¡para apostar, hay que mencionar lo que se apuesta, hombre!

Semejante observación era típica en ella, que siempre se lo tomaba todo muy en serio.

—Está bien, tronca, no te agites. Apuesto mi bici nueva de veintisiete marchas que G.J. no se zampa...

—Por tu bici nueva de veintisiete marchas yo me zampo lo que sea, tío —presumió G.J.

—¿Lo que sea? —preguntó Micro asombrada—. ¡Venga ya! ¡Menuda trola!

—¡Trola! —gritó G.J. enfadado mientras señalaba a Zas—. Éste es el único que suelta unas trolas más falsas que la foto de un pedo. ¡Como que le van a dejar perder su bici en una apuesta!

Zas se puso tenso e, inmediatamente, su pelo pincho adquirió un tono brillante y sudoroso, a pesar de que estaba medio tapado con la gorra.

—A ver, macaco —voceó elevando los brazos— ¿de quién es la bicicleta? ¡A ver! ¿De quién?... —tomó aire y luego decidió contestarse a sí mismo—: ¡Mía! Eso significa que puedo hacer con ella lo que me salga del dedo gordo del pie. ¿Te enteras? —Hizo una pausa y exclamó con absoluto convencimiento—: Así que ¡apuesto mi bici que no te comes lo que a mí se me ocurra que te tienes que comer!

Micro clavó su vista en G.J. Éste se retiró el flequillo hacia atrás y luego se dedicó a arrastrar una chapa con la punta de su zapato. Pasaron unos segundos interminables hasta que Zas intervino triunfante dirigiéndose a Micro:

—¿Ves como no se atreve? ¿Ahora te das cuenta de que es un cobardica-gallina-besugo-cagado? ¿Lo ves? ¿Te das cuenta? ¡Lo sabía!

G.J. suspiró; miró hacia el techo; se volvió a retirar el pelo de la cara; encontró un plátano de Canarias en su cazadora y murmuró:

—Bueno, pero depende...

—¡Aquí no hay *dependes* que valgan! —interrumpió Zas subiendo las cejas—. ¡No voy a arriesgar mi bici nueva por una apuesta chorras!

G.J. meditó unos instantes. Se vio a sí mismo pedaleando veloz como un trueno sobre la bici nueva. Imaginó el sonido que haría el piñón al cambiar de marcha veintisiete veces seguidas. Todos le admirarían por su destreza para surcar caminos y montes. Cambiaría de marcha una y otra vez; sí, eso haría... G.J. se vio a sí mismo sobre la bici y supo que con ella podría fardar más que un vampiro con un colmillo de oro. Así que dijo decidido:

—De acuerdo, pero con una condición: tienes que elegir algo que no tenga huesos; que no sea venenoso o peligroso para la salud; que no husmee en la caca, como por ejemplo una mosca; que me lo pueda zampar en uno o dos tragos; que no sea viscoso...

—Es decir, no valen los mocos... —interrumpió Micro, a quien siempre le gustaba puntualizarlo todo.

G.J. reflexionó un instante y continuó: —Tampoco puede hacer *crack, crack* al masticarlo ni debe tener pelos.

Un silencio sepulcral invadió la guarida de Los Lagartijos.

—G.J., ¿estás seguro? —inquirió Micro preocupada.

—Sí, está seguro; está más seguro que la jaula de un gorila —interrumpió Zas a toda prisa antes de que su amigo cambiase de idea—. Micro, vamos a pensar en algo verdaderamente asqueroso. Se nos tiene que ocurrir una auténtica ración de tortura...

Ambos comenzaron a reflexionar durante un rato interminable mientras G.J., ausente y distraído, engullía el plátano. Cuando acabó con el exquisito manjar advirtió con cierto desdén:

—Si no decís nada antes de esta noche, la bici es mía.

—¡Y un moco! —espetó Zas rojo de ira.

G.J. se tumbó en el suelo con parsimonia y se limitó a decir: —Una apuesta es una apuesta. Tú empezaste primero, tío.

—¡Ya sé! —interrumpió Micro con un grito—. Se me acaba de ocurrir un bicho.

—¡Cuál!

—Uno que está en el Iglú, y que además cumple todas las condiciones de G.J.

—¿Está aquí dentro? ¿Aquí?

Micro afirmó con la cabeza

—¡Vamos!, desembucha, tía, ¡suéltalo ya!

Ella sonrió con malicia, cosa que fastidió a Zas porque sospechó de inmediato lo que iba a responder Micro:

—¿Acaso no eres un Lagartijo?... ¡Pues adivina el acertijo!

TAP TAP TAP...

CAPÍTULO TRES

¡Qué asco!

—¡Lagartijas! —Zas mostró una que acababa de atrapar por el rabo—. ¡Te doy mi bici si te zampas una lagartija como ésta! *¡Buajjj!*

—Tío, no te pases. Las lagartijas son animales protegidos, macho; que no te coscas —murmuró G.J. con tono preocupado.

—Pues entonces una salamandra de esas que tienen ventosas en las patas y dan muchísimo asco. Buscaré una que tenga los ojos rojos. Estoy seguro de que cuando la veas sobre un plato ni siquiera podrás abrir la boca. Ahora puede que digas que sí, pero apuesto que no serás capaz de comértela ni por cien mil euros.

—No. Eso no puede ser. Las salamandras tienen la piel viscosa.

Un denso silencio atrapó la atmósfera del Iglú. Zas pensó en saltamontes, escarabajos, lombrices, mariposas. Nada valía. Todo tenía pelos, o era pringoso, o caminaba por la caca.

—Bueno... ya lo pensaré —murmuró resentido.

—¡La apuesta se hace ahora mismo o nunca! —interrumpió Micro, a quien se le había ocurrido un bicho desde hacía un rato.

—Pues entonces no valen tantas condiciones. G.J. es un tramposo que sólo sabe poner pegas, ¡así cualquiera!

—¡Mentira! —se defendió a gritos G.J. —lo que pasa es que no se te ocurre nada. Mira, tío, si la olla no te funciona, ¿por qué apuestas la bici?

—¿¡Por qué va a ser!? ¡Porque es más molestón que un gordo con hambre! —intervino Micro poniendo cara de estar muy satisfecha con lo que acababa de decir.

Zas dio un respingo y acercó el rostro al de su amiga para decir:

—Oye, Microbia, ¿quién te ha invitado a esta fiesta si puede saberse?

Su impulso fue tan repentino que, sin querer, propinó una patada a la caja de cartón que se hallaba junto a los pies de Micro. El gusano de seda y su capullo volaron como un proyectil; rebotaron contra una de las vigas del techo y cayeron entre los armatostes arrinconados en una esquina del Iglú.

Micro se levantó de un salto. —Pero... ¡serás zopenco! Eres el ser humano más lerdo que existe sobre la tierra; el más inútil, cretino, absurdo, estúpido e infantil... —graznó furibunda

—¿Qué era eso? —inquirió Zas con cara de bobo.

—¡Nada más y nada menos que el bicho de G.J.! —repuso ella colérica.

Sin entender bien lo que acababa de ocurrir, G.J. se incorporó de un salto mientras observaba atónito cómo su amiga retiraba precipitadamente los bártulos mugrientos que invadían los rincones del Iglú.

—¿Cómo que mi bicho? ¿Qué bicho?

—¿Cuál va a ser? ¡El que te tienes que comer!

Inmediatamente, Zas sacó de sus bolsillos una lupa, una linterna, y también un hilo del que pendía un anzuelo. Corrió hacia Micro dando trompicones contra los objetos que ahora ocupaban la mayor parte del suelo.

—¿Dónde está? ¿Dónde? —aullaba desesperado.

Un zapato de charol; un velo de novia; una zambomba rota y un conejo de peluche volaron por los aires.

De pronto se oyó un ruido sordo y delicado. Alguien había pisado una patata frita, o una galleta salada, o quizá...

Todo quedó inmóvil.

Los tres amigos miraron disimuladamente hacia el suelo para inspeccionar lo que pudiese haber bajo su calzado. La zapatilla deportiva de Zas acababa de despachurrar un capullo de seda a medio hacer. No había ni rastro del gusano.

—*¡Glubs!* —dijo poniéndose colorado, mientras con dos dedos levantaba del suelo una cosa amarillenta, parecida a un trozo de pañuelo de papel usado—. ¿Estamos buscando esto, por casualidad?

—¡So inepto! ¡Era el único gusano que me quedaba! —exclamó Micro abatida.

G.J. se alegró en secreto de lo que acababa de ocurrir, de modo que se apresuró a decir:

—¡Qué pena!

—Sí, ¡le había tomado tanto cariño! El pobre era un gusano muy mono —intervino Micro lastimera.

—No; si no lo digo por eso. Lo digo porque Zas ha perdido su bici de una forma tontísima.

—¡Pero de qué vas! ¿Flipas o qué te pasa, tío? —saltó Zas; y enseñándole el trozo blanco y aplastado dijo—: Aquí sólo está el capullo, ¿es que no lo ves? En cuanto encuentre al gusano te lo comes, tío, ¡a ver qué te has creído!

Zas buscó tanto como pudo. Empleó la lupa, la linterna y el anzuelo a fondo... pero el bicho no apareció por ninguna parte.

—Venga Micro, ¡estrújate el coco! ¿Dónde podemos conseguir más gusanos de seda?

—Yo... se los compré a Urso.

—¿A Urso?

—Era el único que tenía manadas de gusanos a la venta.

—¡Vaya! ¿Y no le daba pena vender a sus propios hermanos? —se mofó G.J.

—¿De dónde sacaría Urso tantos gusanos? —preguntó Zas dándose golpecitos con un dedo en una aleta de la nariz.

Ambos Lagartijos se troncharon de risa durante un rato eterno. Micro, en cambio, se cruzó de brazos y puso los ojos en blanco para decir:

—Tenéis menos gracia que un bombón de mejillones. ¡No me extraña que Urso os odie!

Las orejas de Zas adquirieron un tono escarlata brillante. Se dirigió hacia la esquina en la que se encontraba G.J. y agarrándole de una manga le ordenó a carcajada limpia:

—Venga tío. Tu madre ha dicho que tienes que ir a pedir perdón a casa de Urso. Así que vas, y de paso, le encargas... —hizo ademán de hurgarse en la nariz— ¡algunos gusanos!

Las dos últimas palabras salieron de su boca al mismo tiempo que una sonora risotada mezclada con un serial de náuseas.

Esta vez G.J. no le acompañó en la broma. Tuvo la impresión de que Zas tenía más cara que una pandereta con flemones. En realidad fue idea de Zas, y sólo de Zas, eso de colarse en el jardín de Urso. Una vez allí dentro, se empezó a emocionar más que un delfín en un aguapark, y entonces propuso que se acercaran a la mesa de la comida para meter un dedo en el enorme pastel de nata que estaba justo en el centro. Él, G.J., no se atrevía a hacer tal cosa, pero Zas insistió tanto que al final terminó por convencerle...

—Oye macho; ¡a ti te pillaron primero! —protestó G.J.

—Sí, y qué. Tú eres el que se tiene que comer los gusanos, así que vas a casa de Urso a disculparte; le compras la mercancía; y por último, le das recuerdos de mi parte.

G.J estuvo a punto de quejarse enérgicamente, cuando de pronto se le iluminó la mente. Si él iba a casa de Urso, tendría la oportunidad de elegir el gusano que le diera la gana, incluso uno raquítico o recién nacido. De esa forma podría tragárselo sin apenas darse cuenta y ¡la bici sería suya para siempre! Hizo ademán de incorporarse del lugar en el que estaba repanchingado y dijo:

—¡Vale!

Zas se quedó paralizado.

—¿Has dicho *vale?* ¿Eso has dicho?

—Sí, ¿por qué?

—Pues porque se supone que tú deberías estar más fastidiado y tenso que la faja de una gorda. Así que si dices *vale* y te quedas tan contento, yo sospecho que algo no va como debe ir.

Micro no pudo resistir por más tiempo la discusión interminable de sus amigos. La gélida temperatura del Iglú le había convertido los pies en dos pedazos de carne congelada.

—Me parece que un gusano de seda es poca cosa —intervino solemne.

Sus amigos la miraron con los ojos muy abiertos.

—¿Qué dices? —interrumpió enfadado G.J.—. ¿Acaso tú serías capaz de zamparte un gusano de seda?

—¡Qué va! Ella ni siquiera es capaz de comerse los sesos rebozados que con *tanto amor* le prepara su mamaíta —añadió Zas en plan molestón.

Micro le sacó la lengua con rabia y se dirigió hacia la puerta.

—Yo me largo. Aquí hace más frío que en la nevera de un esquimal —informó muy digna; pero antes de salir se volvió hacia Zas y le advirtió—: Si yo estuviese en tu lugar, haría que G.J. se comiera una cosa verdaderamente puerca, como por ejemplo... las uñas de los pies de alguien.

Dicho esto, corrió escalera abajo.

CAPÍTULO CUATRO

Uñas para desayunar

Zas y G.J. dieron un respingo y trotaron detrás de Micro.

—¡Es una idea más chula que un lapo con pegatinas! —murmuraba Zas emocionado.

G.J. por el contrario, tenía un gesto de absoluto reproche. Estaba dispuesto a borrar a Micro del club de Los Lagartijos. Él se había hecho ilusiones con lo del gusano. Total, comerse un gusano de seda era más o menos igual que comerse un macarrón mal cocinado. Sin embargo, lo de las uñas de los pies... eso era una guarrada tan sólo comparable a un bocadillo de pelos; por poner un ejemplo. Además... las uñas hacen *crack, crack*... bueno, sólo cuando las arrancas con los dientes. Desde luego se negaría rotundamente a *cortar* con sus dientes las uñas de los pies de otra persona... eso era trampa; tenía clarísimo que era trampa.

Mientras corrían tras Micro, *Floro* revoloteaba por encima de sus cabezas. La noche era negra y húmeda. Había llovido durante toda la tarde; el suelo estaba plagado de charcos y quizá por ese motivo, la plaza se hallaba desierta. Lograron alcanzar a su amiga en la plaza del Mercado.

—Para que la apuesta sea justa, G.J. debería comer diez uñas de pies durante tres días seguidos —dijo Micro con solemnidad.

Una gota de sudor se deslizó por la frente de G.J.

—Uñas de los pies de otra persona, ¡qué cosa más puerca! —exclamó Zas emocionado, su mirada chispeando de puro regocijo y *Floro* posado sobre un hombro.

Tras una breve reflexión, Micro continuó con una batería de órdenes:

—Se tendrá que comer las uñas antes del desayuno. Empezará mañana mismo. Quien no cumpla todas estas normas pierde la apuesta.

Zas, muy excitado, dio una palmada a G.J. en la espalda y le preguntó:

—¿Hace, tío? Anda, macho. ¡Sólo serán treinta uñitas de nada a cambio de una bici nueva!

G.J. se retiró el pelo de la cara. En realidad, ¿qué eran unas uñas, aunque fuesen uñas de pies? Algo sin duda bastante parecido a las cáscaras de las pipas. ¿No se metía él las pipas en la boca con cáscara y todo? Sí. ¿No las masticaba tan a gusto? Sí. Entonces también podría hacerlo con uñas, aunque fuesen de pies. Además, pensaba tragárselas de golpe, sin masticarlas ni nada. Uñas para desayunar... *¡bah!* Seguro que no era para tanto. Igual sabían a queso rallado y todo.

—Vale —dijo al fin—, pero sólo si están ya cortadas y si puedo ponerles salsa por encima.

Se produjo un silencio denso. Zas y Micro se miraron repetidamente a los ojos para evaluar estas condiciones.

Comer uñas de pies era algo extraordinariamente marrano, por mucha salsa que se echase para disimular. Decidieron aceptar.

El trato ya era inquebrantable.

—Está bien —asintió Zas orgulloso—, empecemos por las uñas de alguien tan fascinante como Urso. Ya que tenemos que ir a disculparnos por lo de ayer, podríamos aprovechar la ocasión para pedirle, además, que se corte las uñas de los pies y nos las regale.

—¡No vale! ¡Ese tío nunca usa calcetines y siempre lleva las mismas botas! —gritó G.J. desesperado... pero nadie le prestó atención.

Micro y Zas habían emprendido ya el camino hacia la casa de Urso. G.J. no tuvo más remedio que seguirlos, aunque lo hizo de muy mala gana.

La silueta oscura de *Floro* revoloteó por encima de sus cabezas.

CAPÍTULO CINCO

En casa de Urso

La noche estaba tan negra que, al correr, era muy difícil evitar los charcos del suelo.

A G.J. se le metió agua dentro de la zapatilla deportiva izquierda. El calcetín se le empapó, dejándole el pie congelado. Aminoró la marcha. Cuando llegó junto a sus amigos quiso exigir justicia; pedir clemencia... pero no pudo hacerlo porque Micro le tapó la boca y tiró bruscamente de él. Ambos se agacharon tras el seto que separaba el jardín de Urso de la calle.

Mientras tanto, Zas, que no se había enterado de nada, se acercaba a la puerta de entrada dando unos saltos más bien ridículos.

La casa tenía un aspecto sepulcral con las persianas bajadas y sin luz en el jardín. Sólo un tenue resplandor blanquecino emergía a través de una persiana en la planta baja. Esta débil luz, parecida a la que emite el televisor, iba acompañada de un ruido espantoso. Era el ruido de una banda de música militar, con mucho tambor y mucho platillo. A medida que Zas se aproximaba a la puerta de entrada, aumentaban los decibelios de la música.

—¡Vaya manera de ver la televisión! Esta gente está más sorda que un ladrillo de corcho —pensó Zas.

De pronto fue consciente de que se hallaba solo en medio del jardín. Ni siquiera *Floro* estaba con él.

El corazón le empezó a latir con fuerza y miró hacia atrás preguntándose dónde demonios se habrían ocultado sus dos amigos. Empezó a notar un escalofrío en la nuca.

—Os estoy viendo. Veo perfectamente lo que hacéis —aulló mientras caminaba marcha atrás para no perder de vista el jardín. La puerta de la casa de Urso quedó a sus espaldas en la más absoluta oscuridad.

De pronto la charanga militar cesó por un breve instante. Entonces Zas pudo distinguir claramente el sonido seco de un portazo. Volvió el rostro. Frente a él se hallaba la cosa más extraña que jamás había visto. Una especie de organismo medio transparente se acercaba. Era un cuerpo sin materia; no de carne, sino de humo. Tenía el tamaño de una persona menuda, delgada, y de su contorno exterior emergía una luz verde fluorescente que marcaba el perfil de su silueta. Pero lo más extraño es que el pelo de aquel extraño ser no era transparente, ni fluorescente, ni se parecía al humo. Se trataba de un pelo normal y corriente, que flotaba por cuenta propia en medio del aire, moviéndose a la vez que aquel inexplicable fantasma; cubriéndole la parte superior de la cabeza.

Zas creyó estar soñando, ¿habría olido algún veneno sin darse cuenta? ¿Estaría alucinando? Mientras pensaba todas estas cosas, el cuerpo de humo fluorescente se abalanzó sobre él. Notó el tacto denso de un objeto que le golpeaba en la cabeza. Después la vista se le llenó de puntos blancos; le flaquearon las piernas y cayó estrepitosamente al suelo del jardín.

Desde su escondite, Micro y G.J. habían presenciado horrorizados cómo un fantasma verde derribaba a Zas de una patada. Sí, era un fantasma pequeño y fluorescente. Había dado un salto como el de un de canguro; un salto tan grande que llegó hasta la misma cabeza de Zas. Además, aquel canguro fantasmagórico llevaba en la cabeza algo que no parecía hecho de la misma materia que él mismo. Se trataba de una especie de pelo, idéntico al que tiene la gente normal encima de los sesos. Lo llevaba recogido en una cola de caballo extraordinariamente larga, que se agitaba como un látigo feroz cada vez que hacía un movimiento. Quizá fuese una mujer canguro, o un bicho extraterrestre, o un espíritu saltarín, o un canguro fluorescente, o algo por el estilo.

Tras golpear a Zas, aquel extraño fantasma huyó a toda velocidad a través del negro jardín. Se introdujo en una cabina de teléfonos, invadiendo todo el espacio interno con un tenue resplandor fluorescente. La bombilla del interior parpadeó, quiso encenderse; pero el fantasma volvió a brincar y la hizo añicos. Entonces, ocurrió algo milagroso. Descolgó el teléfono y marcó un número a oscuras. Micro y G.J. vieron cómo el auricular parecía volar solo en medio de un halo de luz verdosa. El humo fantasmagórico habló durante unos segundos. Propinó otra patada feroz a la puerta de la cabina, y se perdió amparada por las sombras de la noche.

La puerta quedó muerta, como si sus muelles hubiesen dejado de funcionar.

Micro y G.J. podían haberse acercado a la cabina. Podían haber visto con más claridad a aquel extraño personaje, podían haber resuelto el enigma en un instante... pero su amigo Zas yacía inmóvil en el suelo. Quizá estuviese muerto, o desangrándose igual que un tomate despachurrado. Decidieron correr, ir hacia la casa de Urso, pedir ayuda, solicitar una ambulancia...

Empujaron la puerta de entrada. El ruido de los tambores llenaba la atmósfera de terror. A G.J. se le erizaron los pelos del cogote, lo cual era sorprendente, porque él no sabía que tenía pelos en ese sitio. La oscuridad invadía los rincones, y sólo podía distinguirse la luz blanquecina del televisor en el salón. Micro avanzó de puntillas.

—¡Cuidado! —siseó G.J. temblando de miedo.

Ella apenas tuvo tiempo de reaccionar. Un bulto con ojos de fuego se abalanzó sobre su rostro al mismo tiempo que emitía un rugido horripilante. Micro cayó al suelo aturdida por el impacto, e inmediatamente sintió que un hilo fino de sangre le surcaba la mejilla.

—¿Qué ha sido eso? —preguntó con un gesto de dolor.

G.J. tardó en responder. El susto le había dejado más tieso y blanco que un polo de nata.

—Un *lll-leopaardo,* creo —contestó al fin con voz trémula.

—¿Qué tonterías dices? ¡Habrá sido un gato!

—Pues era tan grande como un leopardo, de verdad.

Micro se incorporó mientras se limpiaba la sangre con un dedo mojado en saliva. Un leopardo... ¡qué ocurrencia! Abrió la puerta del salón y vio horrorizada cómo se amontonaban en el suelo libros, papeles, cuadros, muebles, ropa, y otras muchas cosas imposibles de definir. Todo estaba descolocado, a excepción de la televisión y de un aparato de vídeo.

Micro se percató de que el concierto de tambores y platillos salía de una cinta introducida en el aparato de vídeo.

—¡Apaga ese ruido del demonio! —chilló G.J. tapándose los oídos.

Micro negó con la cabeza y se limitó a decir:

—Huellas —como si esa palabra lo explicara todo.

—¡Entonces vamos a llamar a la policía! —exclamó G.J. a gritos.

—No se puede.

—¿Por qué?

—G.J., ¡por favor!, menea el coco. No podemos llamar a la policía, pero sin embargo sabemos a qué hora se ha cometido este desastre. Además, allí hay algo que no encaja en este lugar. Podría ser una buena pista.

2h.32m 40s
PENSION

CAPÍTULO SEIS

¡El desayuno está servido!

—Diecisiete... dieciocho; ...*dieci...*♒♏❖♐♋; y... ¡Ve-in-te! G.J. hacía el pino en medio del salón vacío de su hotel.

Sobre una pequeña mesa de formica había almacenado una lata abierta de fabada asturiana, cien servilletas de papel, un bote de leche condensada, zumo de naranja, una bolsa de ganchitos, crema de cacao, mostaza, aceitunas, un yogur de fresa, tomate frito, miel, medio limón, queso rallado, sal, pimienta y sacarina.

No es que estuviese especialmente nervioso por tener que desayunar un plato de uñas de pies, pero había decidido que era mejor prepararse un poco, por así decirlo.

Encendió la televisión, congestionado, sudoroso, y se puso a bailar con la sintonía del primer telediario de la mañana.

Micro asomó el rostro por la puerta.

—¿Preparado?

G.J. interrumpió los pasos de baile y se colocó bien la chaqueta del pijama.

—*Pssss* —respondió indiferente.

—¡¡TACHAAAAN!!

Zas abrió la puerta de golpe y caminó majestuosamente llevando un gran plato de porcelana tapado con una servilleta de hilo azul. Un abultado chichón de color granate hacía que su frente se disparase hacia el exterior; los ojos hundidos, pequeños, con ojeras también granates. Tenía pinta de cualquier cosa que no fuese humana.

Micro marchaba tras él con un ridículo gorro de cocinero sobre la cabeza. Junto a ella iba Urso. Caminaba descalzo; dos tobillos de tono más bien verdusco —como cubiertos de moho— asomaban bajo el pantalón vaquero remangado. Se notaba que le sudaban mucho los pies y que sus botas desteñían.

—¡El desayuno del señor duque! —exclamó Zas haciendo una ridícula reverencia.

—¡Una silla! ¡Rápido! —ordenó Micro chascando los dedos.

Urso agarró un taburete y comenzó a sacar brillo al asiento con la manga de su camisa. Puso una sonrisa perversa, rebosante de maldad. Micro, por su parte, hizo sitio en la mesa de formica y limpió el hueco con un trapo blanco.

—¡Ya basta! Tenéis menos gracia que un polvorón efervescente —protestó G.J. mientras tomaba asiento de mala gana.

Su amiga le extendió el trapo blanco sobre la pechera y se lo anudó en el cogote. Urso decoraba el escenario con sus pies descalzos, los dedos rojos con puntos blancos, como si fuesen pequeños trozos de chorizo a punto de explotar. Las uñas resaltaban, cortas y moradas, en el extremo de los dedos.

Zas depositó ceremoniosamente el plato de porcelana sobre la mesa.

—¡Uñas *fjescas, jecién cojtadas para el mesié!* —anunció con un marcado acento francés.

Levantó de un golpe la servilleta de hilo azul que cubría el manjar.

—*¡AAAJJJ!* —chilló G.J. retrocediendo.

—G.J., ¡no exageres!

Micro y G.J. habían salido al vestíbulo del hotel y hablaban en secreto.

—¿Tú has visto eso? ¿Lo has visto bien?

—Creo que no es para tanto —comentó ella recolocándose el gorro de cocinero, que se le caía todo el tiempo y le tapaba los ojos.

—Pero tronca, ¿qué dices? ¡Lo que hay en el plato parecen uñas de orangután! ¿Quieres acaso que me envenene? ¿Eso quieres?

Micro se situó frente a G.J. y puso las manos en sus hombros. Le recordó la bici; las veintisiete marchas. Todo el colegio hablaría de ello y él, G.J., sería admirado y envidiado al mismo tiempo.

—Vale tía, puede que hoy lo consiga, pero ¡me quedan dos días más! No creo que lo aguante; de verdad. En cuanto pruebe esa porquería no sobreviviré, me atragantaré, me ahogaré, me pondré tan morado como una berenjena...

—Ni lo vas a notar, de verdad. Tú echa muchos mejunjes y salsas y potingues por encima. Ya verás qué rico está.

Se oyeron unos pasos en las escaleras. El padre de G.J. aparecía radiante y dispuesto a empezar un nuevo día. Llevaba un mandil a rayas grises y una aspiradora verde en la mano.

—¡Hola! —exclamó sorprendido—. ¿Ya estáis enredando a estas horas?

Luego pareció darse cuenta de que G.J. estaba sudoroso, rojo, despeinado y en pijama.

—¡Pero hijo! ¿Acaso no tienes vergüenza? —preguntó al mismo tiempo que agarraba una solapa del pijama como si oliese mal; pero antes de esperar ningún tipo de respuesta se encaminó hacia el salón con la aspiradora verde en la mano.

—¡ALTO! —chilló G.J.

Su padre se llevó tal susto que soltó la aspiradora de golpe. Luego miró a G.J. con el ceño fruncido.

—Es que tenemos que hacer un experimento en ayunas... es parte de los deberes.

—*¿Tenemos?*

—Zas, Urso, yo y ésta —señaló a Micro.

—¿Urso? Así que, ¿ya habéis hecho las paces con ese chico? —preguntó.

—*Pssse* —respondió G.J. poniendo cara de asco—. Ayer estuvimos en su casa y todo eso.

El padre alegró el rostro. Dijo que así le gustaba; que en esta vida los enemigos eran mala cosa; que se sentía orgulloso. Dejó la aspiradora junto a la puerta del salón y se encaminó hacia la cocina mostrando un aspecto bastante satisfecho.

Micro volvió a la carga:

—Vamos G.J., no puedes rajarte ahora. Esos dos de ahí dentro dirán por todo el colegio que eres un cagado y un gallina.

—Pero, ¿qué pasa con el fantasma fluorescente que atacó anoche a Zas? ¿Y qué pasa del robo en la casa de Urso? ¿Acaso todo el mundo lo ha olvidado ya? ¡Tenemos que investigar la pista que encontramos, tía! ¡Tenemos que ir a la pensión que se llama de una forma tan rara!

—Pensión Wo-Chan. Habitación 22 —dijo Micro mientras se palpaba el bolsillo donde había guardado la llave que encontraron en casa de Urso.

—Vale, tía. Eso es mucho más urgente que esta estúpida apuesta.

—De acuerdo. Iremos allí en cuanto pases la prueba —comentó Micro condescendiente; y luego añadió—: Lo primero es lo primero.

Ambos regresaron al salón.

Urso sujetaba el frasco de crema de cacao en una mano. Metió un dedo, extrajo con él un enorme pegote de crema, sacó la lengua todo lo que pudo y retorció sobre ella el dedo pringado de chocolate. En el proceso, un hilo denso de crema se escurrió y fue a caer en el juanete de su pie izquierdo. Entonces Urso se agachó, recogió el pegote con su dedo ensalivado y se lo introdujo de nuevo en la boca.

Zas retiró el taburete con una reverencia.

—*Señoj* Duque; ¡el desayuno se enfría! —dijo en tono severo mientras se retorcía un bigote imaginario.

—¿Un poco de mostaza quizá? —interrumpió Urso enseñando los dientes con ostentación.

G.J. observó inmóvil los diez pedazos de uña negra y larga que reposaban en el centro del plato blanco. Micro se arrodilló a su lado y tomó cinco uñas con una cuchara. Echó por encima salsa de tomate, dos aceitunas, un chorro de leche condensada, zumo de limón, miel, sal, pimienta y un poco de fabada asturiana.

G.J. asió con fuerza los bordes del taburete. Cerró los ojos. Abrió la boca y esperó... ¿Qué otra cosa podía hacer?

Entonces, algo frío, denso, amargo y abundante cayó sobre su lengua.

—*¡Glub!*

Todos vieron cómo la tráquea de G.J. se hinchaba.

—Vamos rápido, ¡la siguiente cucharada!, ¡RÁPIDO! —imploró con la voz entrecortada y guiñando mucho los ojos.

Micro obedeció al instante.

Introdujo una segunda cucharada de uñas con mayonesa, miga de pan empapada en leche condensada, mostaza, ganchitos y un chorro de tomate frito con fabada.

—*¡Glub!* —se oyó de nuevo.

Entonces los ojos de G.J. comenzaron a dar vueltas y más vueltas, se salieron, guiñaron, cruzaron, contorsionaron, mientras su cabeza se agitaba violentamente de un lado a otro como si estuviese endemoniado.

—¿A qué sabe?, tío venga, deja de hacer el mono, anda —imploró Zas preocupado.

—¡Bah, déjale que se retuerza un rato! —exclamaba Urso. Se notaba que estaba disfrutando con la escena.

G.J. paró en seco, abotargado, rojo, con los pelos disparados como los de un erizo. Respiró profundamente. El manjar había sido ingerido.

Urso se acercó al oído de Zas y le dijo algo en secreto. Zas asintió y se encaminó decidido hacia su amigo.

—Abre la boca, macho —ordenó.

—Sí, eso —instigó Urso—. Comprueba que se lo ha tragado todo.

G.J. obedeció. El estómago le ardía como si se hubiese zampado una cerilla encendida, pero podían mirar todo lo que les diese la gana, ¡había superado la primera prueba! Ahora ya sólo quedaban dos más.

Zas y Urso escudriñaron el interior de la boca.

G.J. se frotó el abdomen. Una subida de jugos gástricos con sabor a pimienta condensada arañó sin compasión su delicada laringe. No podría comer en veinte días por lo menos, de eso estaba seguro.

El padre de G.J. dio unos golpes en la puerta y asomó la cabeza. Parecía muy ilusionado.

—Eh, chicos, ¿habéis terminado ya con vuestro experimento?

—Sí —respondieron a coro.

—Entonces, tengo una sorpresa para vosotros: os he preparado chocolate con churros. ¡El desayuno está servido!

Urso, Zas y Micro exclamaron "¡qué guay!". G.J. no dijo nada. Se quedó inmóvil sobre el taburete; la espalda curva; caídos los brazos; los ojos muy abiertos, fijos en un punto concreto, como hipnotizado.

Sus amigos no le hicieron caso; comprendían bien las razones de tan extraño comportamiento. Al atravesar la puerta pudieron oír un sonoro rugido que atravesaba las paredes del salón.

El rugido venía del interior de G.J., que no había podido evitar eructar igual que un dragón. Le escocía la lengua; le ardía la garganta y tenía la boca del estómago en carne viva. Pero eso no le importaba demasiado en aquellos momentos. Lo que de verdad le tenía paralizado era lo que estaba viendo, allí, tirado en el suelo, en el lugar donde antes había estado Urso.

FABADA
RAL
MIEL
GANCHITO
LECHE
CONDEN
CACAO
KETCHU
MOSTA
SACARI

CAPÍTULO SIETE

El señor director

Urso se relamía los dedos mientras sus ojos bizcos brillaban de puro placer. Tenía los morros y la camisa llenos de chocolate.

—Jo, ¡esto está de muerte! —exclamaba a cada segundo, mientras se zampaba todos los churros que quedaban sobre la mesa.

—Oye, tronco, termina ya de una vez —ordenó Zas.

—Terminaré cuando acabe —murmuró Urso sin hacer ni pizca de caso.

Micro chascó la lengua e instigó impaciente:

—Mira, rico, tenemos que ir a comisaría para decir lo que vimos anoche en tu casa. No pudimos llamar enseguida, porque el cable del teléfono estaba arrancado...

—No hace falta que vayáis a la policía —interrumpió Urso con los carrillos llenos.

—Pero... vimos que rob...

—No. Nadie robó nada; sólo tiraron todo al suelo. Mis padres creen que habéis sido vosotros, porque os pega hacer ese tipo de cosas; y porque saben que os gusta fastidiarme; y porque la noche anterior os pillaron espiando... y por todo eso. Van a llamar al director del colegio para que os echen.

—¡Pero de qué vas! ¿Estás pirado o qué? ¡Nosotros no hemos hecho absolutamente nada! —gritaron Los Lagartijos a coro.

—Entonces, ¿por qué estabais allí?

—Para pedirte perdón por lo de la noche anterior.

—¡¡JA!! —exclamó Urso salpicando toda la mesa con pedazos de churro masticado—. ¡Menudo pegote! Eso no se lo cree ni una burra subnormal.

Se chupó los dedos con ahínco, succionándose las huellas digitales. Se levantó tranquilamente de la mesa, y salió sin dar las gracias ni nada. Todavía iba descalzo.

—¡Qué tío! —exclamó Micro.

—¿Habéis oído eso? ¡Creen que hemos sido nosotros! ¡Nos quieren echar del colegio!

—Pues a mí, la verdad, es que no me vendrían mal unas vacacioncitas... —dijo Zas.

—¡Movamos la olla! —exclamó Micro impaciente—. Si hablamos con el director del colegio ahora, antes que lo hagan los padres de Urso, entonces demostraremos que somos inocentes.

Igual que cada primer sábado de cada mes, el señor director del colegio cortaba el césped de su minúsculo jardín. Llevaba puesta una camiseta sin mangas y una ridícula visera de cartón en la que podía leerse: "Abonos La Cloaca; vida para sus plantas". El señor director estaba brillante como una babosa, sudando, atiborrado de cansancio. Levantó la vista.

—¿Qué husmeáis?

Medio asustado, medio riéndose, G.J. miró a Zas. Zas miró a Micro. Micro intentó poner cara de niña buena, pero en lugar de eso, parecía más bien una oveja sin lana.

—A lo mejor no deberíamos estar aquí. A lo mejor deberíamos ir a la policía —dijo como si estuviese a punto de echarse a llorar.

El señor director paró en seco y apagó el motor de la cortacésped. Apretó la boca. Parecía que jamás nadie le hubiera enseñado a sonreír. Puede que alguna vez la comisura de sus labios se torciera hacia arriba, pero incluso en casos así, sus ojos permanecían pequeños y fríos como los de un caimán.

—¿Qué ocurre? —preguntó con la boca pequeña.

—Un robo.

—¿En qué curso?

—En el de Urso; quiero decir, en su casa y no en su curso —recitó Zas. Cuando hablaba con el director las palabras le salían en verso. No sabía explicar por qué.

El señor director afiló su mirada. Quizá estaba recordando que una vez Los Lagartijos estuvieron metidos en no sé qué lío de sapos y secuestros. Quizá le vino a la memoria que Urso también estaba implicado en ese turbio asunto. Quizá recordó que aquella aventura trajo al colegio más periodistas que un partido de fútbol, y que él, el señor director, tuvo que dar explicaciones durante tres días seguidos en varios programas de televisión. Quizá, simplemente, observaba el chichón color morcilla que exhibía Zas en la frente.

—¡Hablad! —ordenó como si fuese un emperador, aunque en este caso, era un emperador sudoroso y en camiseta.

Obedecieron. Lo contaron todo... más o menos.

—A ver si lo he entendido bien: así que habéis visto a una especie de canguro fluorescente...

—No estamos seguros de eso. Podría ser un canguro, pero también podría ser una mujer delgada, con muy malas pulgas, para ser exactos —puntualizó Zas.

—Ya —comentó el director levantando una ceja—. Así que habéis visto algo parecido a un fantasma con forma de mujer canguro, pero que tiene el pelo igual que la gente de carne y hueso, ¿no es eso?

—Sí; recogido en una cola de caballo larga.

El señor director abrió los agujeros de la nariz y resopló antes de decir:

—Y además, ese fantasma se dedica a entrar en las casas y tira todo por el suelo durante...

—Dos horas, treinta y dos minutos y cuarenta segundos exactamente. Ése es el tiempo que llevaba emitiéndose la cinta de vídeo —interrumpió Micro.

—Comprendido —añadió el señor director guiñando los ojos como si la información recibida le dañase la vista. Continuó—: Si he entendido bien, ese extraño ser medio transparente y medio verde oye música a todo volumen; tiene el pelo largo, aunque sus pelos no son verdes; se lía a patadas con lo que encuentra por el camino; tira un reloj mientras huye...

—Y gracias a eso podemos saber a qué hora se marchó. El reloj marcaba las diez menos veinte —explicó G.J.

—De acuerdo —admitió el señor director—, pero resulta que, en lugar de huir del todo, ese canguro de humo se dedica a hablar por teléfono...

—Pues sí, señor, utilizó el teléfono desde una cabina y además rompió la bombilla para llamar a oscuras.

El director jadeó tenso.

—¿Acaso pretendéis que me trague una historia tan absurda? —bramó.

—A lo mejor era un extraterrestre —comentó Zas con los ojos brillantes.

El señor director tuvo que hacer un esfuerzo muy grande para no gritar.

—De acuerdo —dijo apretando los dientes—. Iré a casa de ese chico. Hablaré con sus padres; pero os lo aviso... como esto sea una maldita gamberrada... como me hagáis perder el tiempo... como...

No terminó la frase. Se encaminó a zancadas hacia la casa de Urso en camiseta y con la visera de Abonos La Cloaca tapándole las cejas.

Un mendigo harapiento pasó a su lado empujando un cochecito para bebés desvencijado, al que le faltaban las gomas de las cuatro ruedas. Sus penetrantes chirridos podían oírse a lo largo de toda la calle.

El señor director llamó al timbre de Urso con furia. Nadie acudió. Volvió a llamar tres o cuatro veces más. No hubo respuesta.

Regresaron a la calle. Se quedaron junto a la verja del jardín sin tener muy claro lo que debían hacer. Micro desvió la vista hacia la cabina telefónica. La puerta permanecía todavía abierta.

Crrrick, crrrick —el mendigo volvió a pasar empujando el cochecito. G.J. hizo ademán de taparse los oídos; aquel ruido le daba mucha dentera.

—¿Y bien? —bufó impaciente el señor director.

Nadie sabía qué responder. Probablemente los padres de Urso estaban en comisaría denunciando el robo. Probablemente se habían tenido que mudar temporalmente a un hotel... No, eso no era posible, ya que el único hotel del lugar era el de los padres de G.J.... pero, ¿y la pensión Wo-Chan? Ahora Micro tenía la llave en el bolsillo; podía sentir el peso del voluminoso llavero de metal. Levantó la vista hacia el señor director; quería comentarle este detalle, pero... ¿qué era aquello? Allí, en el piso superior de la casa de Urso; la ventana; la cortina... alguien observaba.

Entonces el director emitió un grito y agitó los brazos.

—¡Señora! ¡Eh, señora!

La madre de Urso subía una empinada cuesta arrastrando un carro de la compra a punto de explotar. Paró en seco, sorprendida, al sentirse acosada de aquella manera por el señor director. Un repollo que sobresalía del carro cayó al suelo y rodó calle abajo.

—¡No me lo diga! ¡No me lo diga! —aulló desesperada sujetándose la frente con una mano—. ¡Mi Urso! ¡Mi niño! ¿Qué le ha pasado? ¿Qué le han hecho ahora esos bribones?

Señalaba a Los Lagartijos congestionada, obtusa, el labio superior levantado, como si acabase de chupar un limón.

—*Crrrick, crrrick* —el cochecito del mendigo chirriaba en un lugar próximo a la cabina de teléfonos.

El director se retiró la visera de Abonos La Cloaca hacia arriba.

—Siento lo ocurrido —dijo compungido.

—¡Dígamelo ya! ¡Suelte de una vez qué le ha pasado a mi niño! No puedo soportar esta angustia, no puedo... —gemía la madre de Urso.

El señor director se retiró el sudor de la frente con un pañuelo. No sabía por dónde empezar.

—El robo. He venido aquí por lo del robo.

La madre de Urso miró al director como si oliese peor que un saco de ajos.

—¿El robo? —preguntó sorprendida—. ¿Qué robo? ¿A quién? ¿Dónde?

El señor director echó una mirada de fuego a Los Lagartijos. Quizá pensó que todo había sido una vil gamberrada; una patraña; una cruel jugarreta.

—¿Acaso no han entrado los ladrones en su casa? —bufó impaciente.

La madre de Urso sonrió de oreja a oreja.

—¡Ay, pillines, pillines! ¡Así que habéis sido vosotros! Pues para que lo sepáis: Me habéis hecho un favor inmenso —clamaba extasiada. Luego se puso repentinamente seria y preguntó apuntando a Los Lagartijos con un dedo—: No estaréis aquí para devolverlos, ¿eh?

El señor director puso ojos de serpiente. Quizá pensó que la madre de Urso estaba tarada.

—¿Se encuentra usted bien? —inquirió levantando una ceja.

—Mi querido amigo, ¡por fin podré tener la casa limpia sin esos repugnantes bichos haciendo marranadas por todos los rincones!

—¿Ha dicho *bichos?*

—¡Bichos he dicho!

—¿Qué bichos?

—Los que hacen nichos a capricho.

—¿Qué clase de *nichos?*

Aquello no era una conversación. Aquello parecía más bien un concurso de poetas funestos. La madre de Urso puso los ojos en blanco.

—Bueno, ya sabe, de donde se saca la seda y todo eso —contestó.

—¿No se referirá, por casualidad, a *capullos?* —interrumpió el director cruzándose de brazos, regañando.

—Bueno, nichos, capullos, ¿qué más da cómo se llamen? El caso es que mi Urso los tenía por toda la casa, ¡por toda! ¡Incluso en el cepillo de dientes! Mi marido se levantó un día... ya sabe que la gente se levanta medio dormida ¿no? Pues bien, confundió el capullo de seda ese con la pasta dentífrica, ¡y se frotó los dientes! ¡Fíjese qué atrocidad! ¡Podría haberse muerto y todo! —explicó la madre de Urso abriendo mucho los ojos. Luego agarró de nuevo su carro de la compra y se marchó dejándoles a todos con la boca abierta.

—*Crrrick, crrrrick* —se oyó a lo lejos.

El señor director dirigió una mirada de hielo a Los Lagartijos.

—¿Y bien? Me ha parecido observar que la madre de Urso no sabe nada de extraterrestres; que no se parece en absoluto a un canguro; y además, ni siquiera se peina con una cola de caballo.

No quedó claro si regañaba o afirmaba. Lo único que estaba más claro que un cristal era que, en aquel momento, el señor director resoplaba por las narices como un búfalo.

Zas se palpó el chichón; G.J. empezó a pelar un plátano y pensó en el peinado de la madre de Urso. Tenía el pelo rubio y corto. Su mente voló hacia el pelo... el largo pelo negro que estaba enganchado en el peine; en ese peine que G.J. había encontrado en el salón de su casa. ¿De quién era ese pelo tan largo, grueso y negro?... La coleta. Seguro que era el pelo de una larga coleta morena; aunque pensándolo bien, era un pelo demasiado grueso para ser... humano.

Micro salió corriendo tras la madre de Urso. La encontró en el escalón que daba acceso a la entrada de la casa. Al parecer no hallaba la llave de la puerta. Ahora el contenido de su bolso estaba esparcido por todo el escalón.

—¿Busca esta llave, por casualidad? —dijo Micro mientras mostraba la de la pensión Wo-Chan.

La madre de Urso, transpirando, roja, observó el llavero como si oliese mal.

—Pensión Wo-Chan —leyó—. ¿Qué clase de nombre es ése?

—¡Ah! Entonces, ¿no es suya esta llave?

—Oye *mequetrefa,* ¡yo vivo en un lugar decente! ¡Mi casa no es una pensión de tres al cuarto, niña! ¡Qué te has creído! —bramó la madre de Urso. Hecha un manojo de nervios se palpó el bolsillo de su chaqueta y luego, sin haber encontrado ninguna llave, agitó una y otra vez el picaporte de la puerta hasta que consiguió quedarse con él en la mano. La puerta entonces se abrió sin ninguna dificultad.

—¡Uf! —exclamó, probablemente aliviada, aunque también puede que furiosa.

Empujó con el pie el contenido de su bolso, que seguía esparcido por el suelo, hasta introducirlo a patadas en el interior de la casa. Luego, sin mirar hacia atrás, cerró la puerta con el trasero.

Al regresar al lugar en el que se encontraban sus amigos, Micro observó de nuevo la ventana superior de la casa. La rendija de la cortina se movió ligeramente. Alguien continuaba vigilando tras ella.

Mientras tanto, G.J. le contaba a Zas lo del peine con el pelo. El señor director amenazaba con un castigo, quizá estaba pensando en una expulsión temporal.

La calle se había llenado de gente que iba o venía del mercado. Los abuelos tomaban asiento al sol; los niños

PAST

jugaban al fútbol y se aporreaban unos a otros; las niñas contemplaban la escena igual que si estuviesen visitando el zoo. Algunos coches llevaban a sus ocupantes hacia la playa para pasar el día. Micro observó la calle. Notó algo extraño; algo que no encajaba del todo. Abrió mucho los ojos y emitió un alarido.

—¡La cabina de teléfonos!

—¡Inaudito! ¡Esto es una gamberrada sin límites! —bramó el señor director al contemplar el interior de la cabina.

—¡Tiene que creernos! El fantasma que golpeó a Zas entró aquí, rompió la lámpara y marcó un número a oscuras —gemía G.J.

—¿No os estoy diciendo que era un extraterrestre? Seguro que se comunicaba por telepatía, igual que en las películas —interrumpió Zas

—Oye niño, deja de decir memeces —regañó el señor director.

—¡Allí está el teléfono! —gritó Micro.

—¿Dónde? —clamaron todos al tiempo.

CAPÍTULO OCHO

El chivatazo

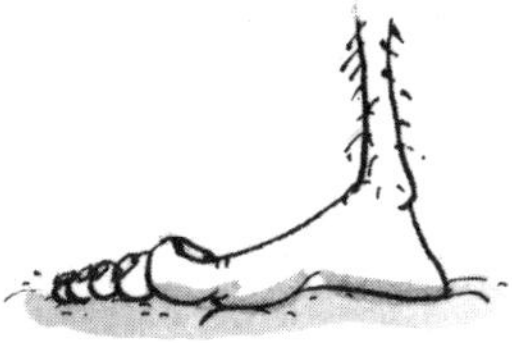

—¡Sabandijas! —regañó el señor director.

—¿Sabandijas?

—¿Es que no es así como se llama vuestro grupo, o vuestro club, o lo que sea?

—No señor. Se llama Lagartijos.

—Bueno, ¡qué mas da! ¡Os quiero ver el lunes en mi despacho a primera hora de la mañana! —bramó furioso. Se colocó bien la visera de cartón y regresó a su casa dando zancadas de oso.

Los Lagartijos discutieron. No se ponían de acuerdo acerca de lo que debían hacer a continuación. Tenían demasiadas preguntas y ninguna respuesta: ¿Por qué Urso había perdido un peine con un pelo tan largo? ¿Qué o quién se escondía en la pensión Wo-Chan? ¿Cómo era posible que la madre de Urso no supiera nada del desastre que ellos presenciaron la noche anterior? ¿Habían visto realmente a un fantasma? ¿Era quizá un extraterrestre? ¿Por qué un mendigo había robado el teléfono?

—A lo mejor hace colección de teléfonos —opinó Zas.

—¿Un mendigo coleccionando teléfonos? Tío, me parece que el golpe que tienes en la cabeza te ha dejado el seso como de madera —interrumpió G.J—. En mi opinión, lo único que quiere ese mendigo es la pasta que hay dentro del teléfono.

De pronto Micro se quedó tensa.

—Urso está saliendo de su casa —susurró.

Los Lagartijos se ocultaron tras el tumulto de gente que invadía la calle. Urso miraba a derecha e izquierda. Estaba nervioso como un flan de gelatina. Quizá buscaba al señor director y a Los Lagartijos. Quizá no deseaba que le atropellara un coche. Introdujo sus manos en los bolsillos, escondió el rostro entre el cuello de su camisa y comenzó a caminar muy rápido calle abajo. Los Lagartijos le siguieron con disimulo.

Se detuvo en el hotel de G.J. Habló unos instantes con la madre y ella le invitó a pasar. Estuvo un rato en el interior. Luego salió y se perdió calle arriba.

Los Lagartijos se encaminaron entonces a la entrada del hotel.

—¡Gerardo! ¡Ven aquí ahora mismo! —exclamó la señora Jaén en cuanto les vio en la puerta.

—¿Qué quería Urso? —interrumpió G.J. como si nada.

—Gerardo, ¡mírame a la cara! —insistió su madre enfadada, regañando.

—Sí, ya. Oye, es que tengo prisa.

—¿Has estado comiendo uñas de pies? ¿Eh? ¡Dime la verdad, anda!

—¿Quién?, ¿yo?

—Sí, tú, so degenerado glotón, ¿acaso no tienes ya bastante con los siete plátanos que te zampas al día?

La madre de G.J. asió a su hijo por los hombros y comenzó a zarandearle. Las manos de G.J. bailaron al final de sus muñecas como si fuesen de trapo. Zas quiso intervenir a favor de su amigo:

—Las uñas estaban limpísimas, de verdad.

Ella no prestó atención. Agitó a su hijo con más ímpetu todavía. Parecía querer separarle la cabeza del cuerpo. El cráneo de G.J. empezó a bailar hacia delante y hacia atrás; los ojos fuera de las órbitas; los mofletes vibrando; el flequillo sobre la frente. El padre apareció tras la puerta del salón.

—Jovita, ¿qué ha hecho el niño ahora? ¿Por qué le meneas de esa forma tan rara?

—¿Qué ha hecho? ¿Preguntas qué ha hecho? —gemía la señora Jaén sin dejar de agitar a su hijo por los hombros.

—Jovita, ¡vas a descabezar al niño! ¿Acaso ha incendiado el colegio? ¿Ha falsificado las notas? ¿Ha...

—Ha estado comiendo *uñas.*

—¿Uñas? ¿Qué clase de uñas?

—Llllllas uuuñaaaaas deeee —intentó responder G.J. en medio del vaivén al que estaba sometido.

—¡Las uñas de los pies de la gente!

—¿¿Qué?? —se espantó el padre.

—SSSsíí, ppeeero lllaas heee mezclaaado con llleeechhhe coonndenssada y cccooonn ttooomaaatee friiitooo yyyy ccc... —intentaba explicar G.J.

La señora Jaén paró en seco y puso su mano sobre el rostro de su hijo.

—Creo que tienes fiebre —sentenció—. Voy a llamar al médico. Seguro que te has envenenado. ¡Uñas de pies con leche condensada! ¿A quién se le ocurre?

—Estoy perfectamente. Me encuentro muy bien —balbuceó G.J. con voz de borracho.

—¡A la cama! —ordenó su madre señalando hacia la escalera con el dedo índice muy estirado.

—Yo no creo que las uñas de los pies sean peores que las de las manos —opinó el padre.

—¡Es que se ha comido las uñas de los pies de Urso!

—¡AH...! En ese caso...

A G.J. le volvía a escocer el estómago. El meneo de su madre se lo había revuelto y ahora notaba los jugos gástricos de la fabada asturiana con cacao y de la miel con aceitunas en el borde de la garganta; todo alborotado, a punto de explotar. Comenzó a respirar hondo para ver si así se le pasaba el malestar. Nada. G.J. estaba despeinado y pálido. Tenía peor aspecto que un estropajo gastado. Introdujo la mano en un bolsillo y extrajo el peine con el pelo.

—Creo que ésta es una buena pista —dijo a sus amigos mientras les entregaba el pelo. Luego fue tambaleándose hacia la cocina.

—¡EH, G.J.! —llamó Zas—. ¡Creo que tus padres te obligan a perder la apuesta! Lo siento, macho. De veras siento que no te dejen ganar mi bici nueva, tío...

G.J. levantó una ceja; la mirada aguada, los párpados a medio caer.

—¿De qué vas? ¡Te espero mañana en ayunas, tronco! —balbuceó—. Ahora voy a por un plátano... no sé; noto que me lo pide el cuerpo.

G.J. se metió en la cocina. Su padre se fue a llamar al médico y la madre permaneció en el quicio de la puerta, amarilla como un melón; colmada de inquietud; mordiéndose el dedo gordo.

Para disolver la tensión del momento, Micro preguntó si sabía dónde estaba la pensión Wo-Chan.

—¿La pensión qué?

—Wo-Chan

—Suena como si fuera extranjero... Lo miraré en la guía telefónica.

Estuvo un rato larguísimo pasando páginas hacia delante y hacia atrás; sin concentrarse. Pensaba en su hijo querido, acribillado a veneno por culpa de unas uñas de pies.

Al final encontró la dirección.

—Calle del Arenque sin número. Eso está en el puerto —dijo medio ausente—. Mal sitio para una pensión. Seguro que las habitaciones no son de lujo precisamente.

Zas y Micro se despidieron y emprendieron el camino hacia el puerto. Las calles se fueron haciendo cada vez más estrechas y oscuras. La ropa recién lavada era de color gris y colgaba de las ventanas también grises. Todo estaba sucio o medio roto. Las esquinas olían a pipí.

Un enjambre de gente extraña colapsaba las calles y las tabernas. Allí había borrachos; hombres con tatuajes en el cuello; perros abandonados; gatos salvajes; ratas más salvajes todavía; mujeres que olían a pescado, y otras que olían a ambientador barato. También había muchos restaurantes chinos atiborrados de gente china. La gente china que no estaba en los restaurantes iba en bicicleta a través de la encrucijada de calles. Todas ellas tenían nombre de pez, aunque la mayoría de las veces el letrero estaba oxidado. Micro afiló la mirada. Había visto cómo una larga coleta penetraba en un viejo edificio.

—¡Allí está la pensión! —exclamó.

WANG
BAR
CASA TATIANA
TABERNA
CHAN-ZAO
HOTEL
BEBA
PENSION WO-CHAN
WO CHIN
BAR PAKO
PENSION CARMEN
CASA MARI
BAR
PENSION TUWAN-DA
TSIA WONG
HOTEL
HUA WON
CHIN-WO
PENSIÓN
BAR
COMESTIBLES
PENSIÓN CHAT WAN

La pensión Wo-Chan

Cualquiera que llevase una maleta grande tendría serias dificultades en la pensión Wo-Chan.

Nada más atravesar la puerta de la calle, uno se encontraba de bruces contra una escalera angosta, empinada y tan retorcida que si te cruzabas con alguien en medio del trayecto, era necesario decidir quién de los dos retrocedía y volvía a recorrer los peldaños por los que había venido. En ella no quedaba espacio suficiente para que dos personas utilizasen el mismo escalón al mismo tiempo, ni aunque esas personas se colocasen de perfil aguantando la respiración.

La pensión Wo-Chan parecía hecha a propósito para ahuyentar a los clientes. Allí todo estaba viejo y pringoso. El ambiente olía a repollo; el color de las paredes era gris, igual que la piel de las ratas de alcantarilla; y ése era también el aspecto del suelo.

En el primer piso se hallaba la recepción; que consistía en una silla plegable y en una pequeña mesa, también plegable y atestada de papeles. Ocupaba la silla un gato con pinta de malas pulgas, todo gordo e hinchado, con los bigotes más tiesos de lo normal. No había nadie más.

Los Lagartijos pasaron con sigilo junto al animal. Tras él se extendía un pasillo oscuro y más estrecho todavía que la escalera, en cuyas paredes se podían distinguir únicamente cuatro puertas. Cada una de ellas tenía pintada con tiza una inscripción en dos idiomas: 方 11; 佛 22; 夫 33 y 圣生新行 baño.

—¿Por qué se repetirá el mismo número dos veces? —se extrañó Micro.

—A lo mejor el que los ha pintado es tartamudo.

—¿Tú crees?

—Estoy seguro, tronca. Los tartamudos hacen ese tipo de cosas sin darse cuenta. Repiten la misma palabra dale que dale; pero aparte de eso, son gente normal; como todo el mundo, quiero decir.

Micro extrajo la llave que tenía en el bolsillo y, colocándose frente a la puerta marcada con un 22, se dirigió a Zas.

—¿Quieres abrir tú? —susurró mientras le entregaba la llave.

A Zas no le hizo demasiada gracia la propuesta. Tenía miedo, y también tenía el pelo erizado bajo la gorra.

—Jo, tronca, ¿y si la extraterrestre de la cola de caballo está al otro lado? —preguntó palpándose el chichón con los dedos temblorosos.

—Lo sabremos cuando abras la puerta.

—¿Y si es una asesina?

—Lo sabremos cuando abras la puerta.

—Sí, pero ¿qué se supone que estamos buscando?

—Lo sabremos cuando abras la puerta.

—¿Puedo decirte una cosa?

—¿Qué cosa?

—Que te repites más que un batido de ajos, tía.

Entonces el gato saltó de la silla. Penetró majestuosamente en el pasillo oscuro, con la cola muy tiesa, apuntando hacia el techo. Sus ojos de oro brillaban en la negrura, igual que si fueran los del mismísimo demonio. Se acercó a la pierna de Zas y comenzó a rodearla, frotándose contra ella mientras maullaba con anhelo.

Todo el pasillo se estremeció.

Zas levantó la pierna y empujó al gato con el pie para que se marchase; pero el minino resultó ser tozudo como un tanque y embistió con furia el pie que pretendía echarle de allí. Saltó sobre él y clavó sus garras en la pernera del pantalón mientras emitía extraños sonidos, similares a un grito entrecortado.

Con el susto, Zas abrió la mano y la llave se le escurrió entre los dedos. El sólido llavero metálico chocó contra el frío suelo, emitiendo un estruendo terrorífico que recorrió las paredes desnudas del siniestro pasillo.

Unos pasos acelerados subieron entonces por la escalera. Alguien venía a ver qué pasaba. Micro se agachó y palpó a ciegas el terreno en busca de la llave perdida en la oscuridad. A su lado, Zas se convulsionaba con el gato aferrado a su pantalón.

Los pasos taconeaban en los peldaños de la escalera, aproximándose a toda prisa.

Micro tuvo que decidir rápidamente entre buscar la llave o salir corriendo. Lo último le pareció mejor, pero ¿por dónde podrían huir? El pasillo no conducía a ningún sitio más que al lugar en el que se encontraban la mesa y silla plegables, a cuyo lado estaba la escalera. Allí se toparían de narices con la persona que subía; así que, a falta de cualquier otra alternativa, agarró a su amigo y corrió a la puerta del baño.

Zas se dejó arrastrar a trompicones, su brazo atrapado por Micro, su pierna atrapada por el gato. En un último intento desesperado, emitió una sacudida brutal, que le convulsionó la pierna desde la cadera hasta el dedo gordo del pie.

El impulso resultó excesivamente fuerte para el minino, que salió volando como un proyectil... junto a la zapatilla deportiva de Zas. Ahora el Lagartijo estaba medio descalzo, con un enorme chichón en la frente, empapado en sudor, aterido de miedo; pero todo esto le pareció insignificante. Por fin se había librado del gato.

El baño, por llamarlo de alguna manera, no tenía retrete. En su lugar, alguien había hecho un gran agujero próximo a una pared. Se suponía que allí dentro la gente debía dejar caer las aguas y desechos del cuerpo con la mayor puntería posible. Unas hojas de periódico colgaban de un gancho clavado en la pared.

—Hay que reconocer que esta pensión tiene sus detalles —dijo Zas asombrado mientras agarraba una de las hojas—. Mira, han puesto periódicos para que los clientes puedan enterarse de las noticias mientras están... usando el agujero.

Micro miró a Zas con cara de asco.

—Creo que el chichón te aprieta los sesos, la verdad.

—¿Por qué?

—Pues por la sencilla razón de que esas hojas de periódico... ¿cómo te lo diría yo?... sustituyen al papel higiénico.

—¡Qué! —gritó Zas soltando el papel y frotando enérgicamente su mano contra la camiseta de Micro.

—*¡Chssss!* —interrumpió ella retirando con un golpe la mano de Zas— ¡Eres lerdo o qué! ¡Nos van a oír!

Por la rendija de la puerta pudieron ver a una mujer de pelo corto. Hablaba en chino a una velocidad increíble. Zarandeaba al gato e intentaba quitarle de las garras la zapatilla deportiva de Zas.

—Gato bicho —regañó la mujer en un mal castellano—. Zapato cliente no. Zapato cliente no para gato.

Luego, con la zapatilla de Zas en la mano, lanzó un escupitajo hacia el animal. El minino emitió un maullido de protesta y lanzó una zarpa. Ella le propinó un zapatillazo seco y otro escupitajo más denso que el anterior. El gato huyó despavorido y se refugió bajo la silla de la recepción.

La mujer se colocó frente a la habitación marcada con un 22. Introdujo una mano por el escote de su camisa y extrajo un ramillete de llaves de no se sabe dónde. Luego, desapareció a través de la puerta, que dejó a medio cerrar tras de sí.

Una sombra surgió entonces por el pasillo. Caminaba de puntillas, como temiendo pisar el suelo. Se detuvo frente a la puerta 22 y la empujó despacio.

—Allí está el asesino —susurró Zas—. Ahora va a matar a la tía esa que escupe tanto.

Un alarido taladró las paredes de la pensión Wo-Chan. Se oyeron golpes y un sinfín de gritos de dos personas. La mujer escupía y chillaba medio en chino medio en castellano. Parecía una ametralladora.

La otra persona gimoteaba como un niño pequeño.

—Ya no tengo más. Wen-Fú se los llevó a todos; no tengo más; no sé dónde hay más.

—*Necesital* más. Tú *tlael* antes *cambial* luna. Tú *pagal* sino. *Jjjjchuff* —escupió la china.

—Dile a Wen-Fú que me olvide... mira, entrégale este dinero. Toma, es todo lo que tengo. He tenido que romper mi hucha, pero no me importa. Lo único que quiero es que Wen-Fú me deje en paz.

—No *podel dejal* paz. Tú *plometel tlael.* Tú *coblal* sino.

—Pero, ¿es que estás sorda? ¡No tengo más! ¡Tienes que creerme!

—Tú *lleval matelial* aquí —la mujer desdobló una hoja de papel y se la entregó a su adversario—. Tú *intelpletal* bien, *movel* coco. Tú *suflil* sino.

—Se lo contaré todo a la policía...

—Tú *mejol* no *il* policía si no *quelel il* tumba después.

—Pues pienso hacerlo. Voy a decir a la policía todo lo que sé, para que te enteres, vieja chalada.

Un golpe seco precedió a otro más grande. Alguien había caído al suelo inconsciente. Se oyó *Jjjjchuff* de nuevo. Los Lagartijos vieron salir a la mujer de la habitación. Corría a pasitos cortos, como si los zapatos le apretasen un callo.

—¡Rápido! ¡Vamos! —exclamó Micro en el cuarto de baño.

—Sí, eso, vámonos.

—No Zas. Vamos a la habitación.

—¿A cuál?

Micro no se molestó en contestar. Salió presurosa del baño y se encaminó sin hacer ruido hacia la puerta 22. Zas iba tras ella. Había arrancado todos los papeles de periódico que antes colgaban en el gancho del baño. Los sujetaba de una punta con dos dedos, igual que si fuese una señora cursi con una pasta de té.

—Autodefensa —explicó a su amiga con una elevación de hombros.

La habitación estaba destartalada y vieja. Olía a moho y a comida. Los cristales de la ventana tenían tanta mugre que apenas dejaban pasar la luz. La zapatilla deportiva de Zas se hallaba tirada junto a la puerta. Quizá la mujer la había utilizado para golpear a su adversario.

La cama de metal estaba cubierta con una colcha de flores tan llena de polvo y mugre, que apenas era posible distinguir los crisantemos naranjas de las petunias moradas. Junto a ella yacía boca abajo un hombre joven. En una mano sostenía un fajo de viejos billetes arrugados. Micro agarro uno de sus hombros y giró un poco el cuerpo.

Zas ahogó un grito.

—¡¡¡Urso!!!

—*¡CHssss!* ¡Habla más bajo!

—Urso asesinado. Urso más tieso que el bastón de mi abuelo. ¿Qué haremos ahora?

—¿Quieres hablar más bajo? —siseó Micro enfadada—. No está muerto. Mira, ¿es que acaso no ves cómo respira?

Se oyeron pasos rápidos en el pasillo. Los Lagartijos miraron a derecha e izquierda con rapidez, la carne de gallina, los nervios de punta. La habitación estaba prácticamente desnuda. No había armario, ni una cómoda para la ropa, ni cortinas o cualquier otro lugar en el que poder ocultarse; así que no tuvieron más remedio que deslizarse bajo la cama. Sabían que no era un lugar demasiado original. Sabían que la cama era un escondite requetetípico... pero no había otro. Los papeles de periódico que Zas llevaba en la mano volaron por la habitación y uno de ellos cayó sobre el rostro de Urso.

Unas zapatillas negras se aproximaron a la cama. La mujer había vuelto. Oyeron cómo movía violentamente los papeles de periódico. Quizá estaba sorprendida. Quizá estaba furiosa. Se dirigió a la puerta y asomó la cabeza. Gritó mil palabras en chino; escupió mil veces también en chino. Ahora sabía que alguien había entrado en la habitación.

Micro contuvo la respiración. A su lado, Zas parecía lloriquear. Ella se volvió hacia él y vio su rostro contraído, el chichón amarillo, y sus párpados arrugados. Efectivamente lloraba; aunque intentase disimular, Zas estaba llorando. Uno de los muelles de la cama se le había incrustado en medio de la espalda, como si fuese una banderilla rizada.

La mujer entró de nuevo en la habitación refunfuñando y dando patadas a las hojas de periódico. El gato, que apareció no se sabe por dónde, hizo ademán de frotarse contra su pierna; pero recibió un escupitajo verde, denso, monumental; seguido de un puntapié que lo hizo atravesar la puerta volando.

Desde debajo de la cama, Los Lagartijos veían perfectamente el cuerpo inmóvil de Urso, que ahora se agitaba de un lado para otro, como si fuese de trapo, impulsado por las manos de la mujer. Ella registró su ropa y bolsillos. Luego arrancó el dinero de la mano y colocó sus brazos en la espalda para atarlos con cinta adhesiva. Cuando concluyó esta tarea, giró el cuerpo inerte de Urso, y agarrándolo por las axilas, lo sacó de la habitación.

Micro dio un codazo a Zas y señaló con la barbilla.

—¿Nos vamos ya? —preguntó él con la voz ahogada por las lágrimas, que invadían su espíritu a causa del muelle clavado en su espalda.

—No podemos irnos todavía, Zas, mira el suelo.

—Si ya lo miro. Llevo mirándolo desde que llegamos aquí.

—Y, ¿qué ves?

—Polvo; pelusas; telas de araña; mi zapatilla; hojas de retrete, digo de periódico; una baldosa rota...

—¿Pero te has vuelto tonto o qué?

—Oye monicaca, como te pongas borde me largo de aquí y te dejo más sola que a un náufrago.

Micro agarró el rostro de Zas y lo dirigió hacia uno de los rincones de la habitación. Allí, tirado en el suelo, se hallaba un papel amarillo a medio doblar. Zas puso cara de bobo. Micro tuvo que explicárselo todo:

—¿No recuerdas que la mujer ha entregado a Urso unas instrucciones, o una dirección, o algo por el estilo?

—¡AH!, claro... ¿y qué?

—Pues que ése es el papel con la información.

—¿Cómo lo sabes? ¿Acaso ves a través de los objetos inanimados?

—Zas, a veces eres más simple que una babosa de serrín. ¡Vete a buscarlo!

—No puedo.

—¿Cómo que no puedes? ¿Por qué no puedes?

—Porque me duele el muelle. Creo que me ha taladrado la columna vertebral. A lo mejor me ha dejado paralítico... he oído que la gente se vuelve inválida cuando algo ataca su espina dorsal —informó Zas quejumbroso, el rostro petrificado por la preocupación—. Micro; creo que no siento las piernas. Me parece que deberías ir a buscar una silla de ruedas, o de lo contrario no podré salir de aquí. La tipa china me encontrará, y me llenará de escupitajos amarillentos, y me insultará en chino, y...

Micro salió de su escondite con cara de mal genio. Las excusas que inventaba Zas para evitar lo que no le apetecía colmaban su paciencia. La puerta estaba todavía abierta y la mujer que se había llevado a Urso podía aparecer en cualquier momento. El papel se hallaba en el rincón opuesto a la cama. Justo cuando Micro lo levantaba del suelo apareció de nuevo el gato; el pelo erizado, el lomo curvo, la cola tiesa, los ojos fijos en los bajos de la cama.

Zas emergió de su escondite de un brinco.

—Este gato tiene más peligro que un saco de bombas —exclamó mientras agarraba su zapatilla para arrojarla contra el minino.

No le dio tiempo de hacer tal cosa. Micro le dio un empujón y ambos amigos saltaron por encima del gato en dirección al pasillo oscuro. Ella llevaba en los brazos la colcha de flores que había arrancado de la cama antes de salir. Zas la miró, ¿acaso se había vuelto loca?

—Autodefensa —explicó ella con una elevación de hombros.

Una sombra corpulenta surgió de pronto en medio del pasillo. Chocaron contra ella con tal ímpetu que Zas perdió el equilibrio y cayó al suelo. Entonces la sombra y su dueño lanzaron una mano atroz hacia el cuello de Zas. Iba a atraparle. Quizá intentaba matarle allí mismo.

Sin dudarlo un segundo, Micro se colocó detrás de aquel inmenso bulto:

—Voy a pedir el libro de reclamaciones. Las colchas de este hotel están sucias —dijo mientras le arrojaba por encima de la cabeza la ropa de cama que llevaba en los brazos.

—Sí, están muy sucias —añadió Zas levantándose del suelo—. Están más sucias que las uñas de un minero; que lo sepa...

Micro agarró impetuosamente a su amigo por un brazo y tiró de él con energía.

—Corta el rollo —regañó enfadada.

Sin mirar hacia atrás bajaron las escaleras de tres en tres peldaños. El final no parecía llegar nunca. Los Lagartijos corrían casi sin pisar el suelo mientras oían una voz de ultratumba que gritaba a sus espaldas. Por fin, consiguieron atravesar la puerta de la calle.

Doblaron una esquina y penetraron en un callejón atestado de tabernas y de gente. Allí se detuvieron a respirar un poco. Micro desdobló el papel amarillo que había logrado rescatar de la habitación y se lo mostró a Zas.

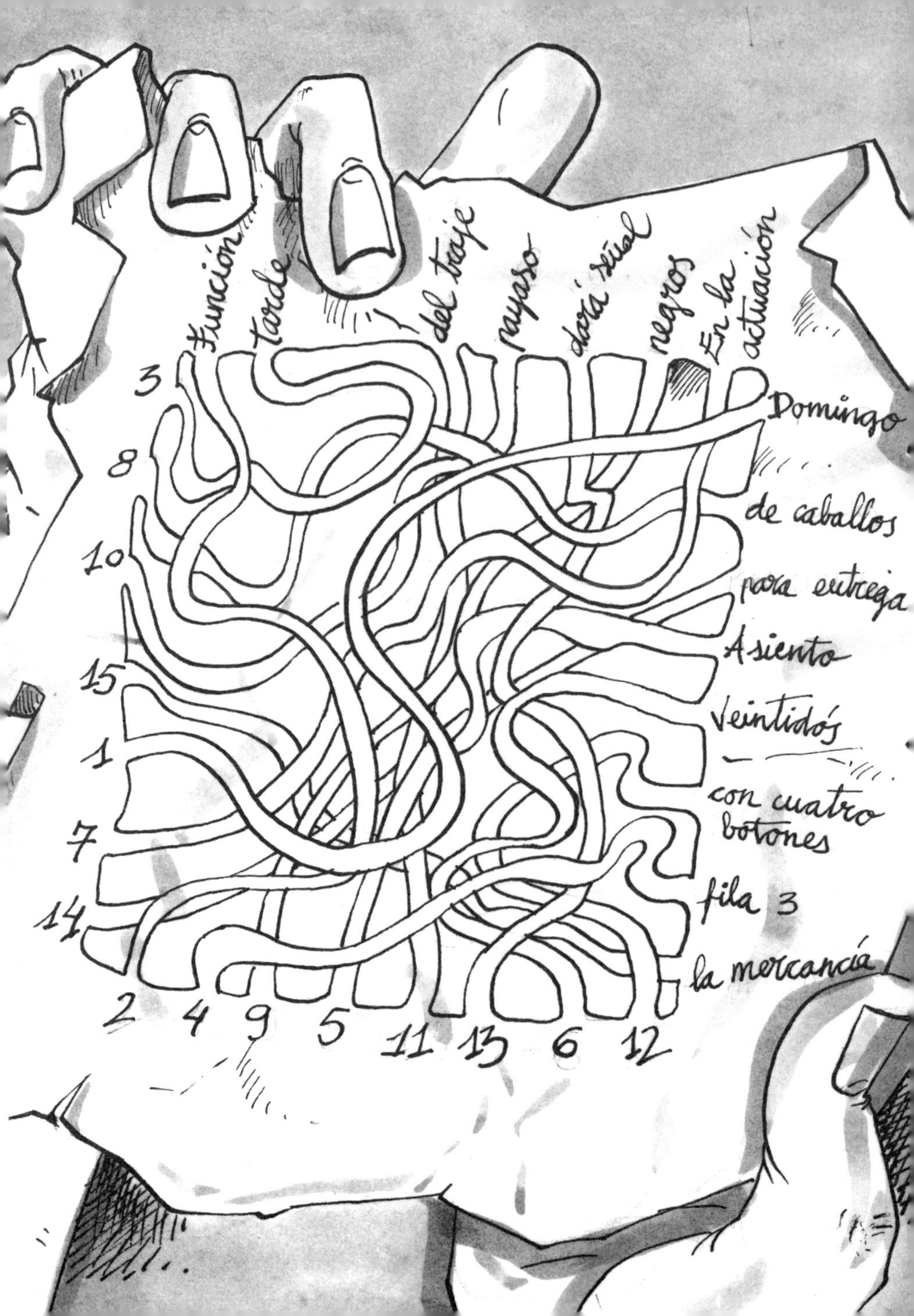

función
tarde
del traje
payaso
dará señal
negros
En la actuación
Domingo
de caballos
para entrega
Asiento
Veintidós
con cuatro botones
fila 3
la mercancía
3
8
10
15
1
7
14
2
4
9
5
11
13
6
12

CAPÍTULO DIEZ

La morsa Cojj-cojj

—¿Qué demonios es esto? —preguntó Micro arrugando la nariz.

—*Tirao,* titi. Un laberinto.

—¡Cuidado! Creo que está a punto de hervirte el cerebro —se burló ella abriendo mucho los ojos.

Zas se quitó la gorra y contempló su interior. Luego se tocó el pelo de pincho con el dorso de la mano, como si quisiera comprobar la temperatura de su cabellera. Micro puso los ojos en blanco.

—¡Ya sé que es un laberinto! —resopló impaciente—. Tengo ojos en la cara, ¿sabes? Solamente me preguntaba qué significa.

Zas extrajo una lupa de su bolsillo y acercó el rostro al papel amarillo que Micro sostenía. Examinó cuidadosamente cada trazo, cada camino, cada entrada y salida. La lupa se deslizaba a lo largo y ancho del laberinto, igual que un barco que navega a la deriva.

—Ya lo tengo —dijo al fin—. Es un mapa.

—Puede que sí, pero entonces, ¿para qué servirán las palabras?

—Pues tronca, está chupadísimo. Las palabras indican el nombre de las calles, y las cifras se refieren al número exacto donde hay que ir...

—¿Ah, sí?

—Está más claro que un yogur de agua —aseguró Zas elevando la barbilla; convencido; demostrando autoridad.

—Ya. Y dime, ¿conoces a alguien que viva en la calle *Del traje,* o en la calle *para entregar?* —preguntó Micro haciendo un esfuerzo para no gritar.

—A lo mejor es una calle especial para entregar trajes, tía, que te agitas por nada.

Micro observó el papel amarillo con los labios torcidos hacia un lado.

—Mira Zas. Esto no es un mapa, como tú crees. Parece más bien un mensaje secreto dirigido a Urso. Cada cifra está conectada a una palabra a través de un camino distinto. ¿Lo ves?

—Lo veo perfectamente Microbia. ¿Para qué crees que llevo la lupa sino?

—Vale, pero escucha: Hay que fijarse en el orden de los números y leer las palabras según ese orden. Primero nos fijamos en el número uno, que nos lleva por este camino a la palabra *Domingo.* El número dos conecta con *función;* y el número tres con *tarde.* ¿Entiendes?

—Domingo función tarde —repitió Zas—. Pues, tronca, ¿qué quieres que te diga? Para mí, quien ha escrito esto es indio.

—¿Indio?

—Sí, ya sabes cómo hablan: Yo piel roja. Tú rostro pálido. Yo jefe. Tú esclava.

—¿Puedes dejar las estupideces para otro momento, por favor? —gritó Micro furiosa—. Concéntrate y ayúdame a conectar todos los números con sus palabras correspondientes. ¡Venga! ¡Anda!

—Menos gritos, Milagritos, que no estoy sordo —respondió Zas con un mohín altanero. Luego observó el papel, acercó más la lupa y tomó aire por las narices—. Ya sé que sin mí no puedes hacer nada de nada. A ver pequeña, deja que yo resuelva el enigma en cuestión.

Micro puso los ojos en blanco y no respondió a sus palabras. Juntos empezaron a leer mientras movían el dedo índice a través de los distintos caminos del laberinto. El mensaje entonces salió a la luz y cobró sentido.

Los Lagartijos se miraron a los ojos. Lo que acababan de leer les resultó bastante intrigante: Domingo, función tarde. Fila tres. Asiento veintidós. En la actuación de caballos negros, el payaso del traje con cuatro botones dará señal para entregar la mercancía.

Por lo visto Urso debía acudir a una extraña cita.

—¡Domingo! ¿A qué domingo se referirá? —preguntó Zas nervioso.

—Hoy le han entregado este papel a Urso. Hoy es sábado... por tanto creo que se refiere a mañana domingo por la tarde.

—¡Mañana!

—Exacto, y además fíjate que le indican la fila y el número de asiento. Parece que debe acudir a una representación, o algo por el estilo.

—Sí. Ya no saben qué inventar para que la gente deje de ver la tele y salga de su casa.

—¡Qué dices! ¿A qué viene eso?

—Pues a que ahora dan invitaciones con forma de acertijo. Seguro que piensan que así a la gente le entra más interés y van con más alegría porque han tenido que mover el coco.

Micro respiró con fuerza. Las tonterías de Zas estaban a punto de colmar su paciencia.

—No creo que se trate de una invitación, precisamente.

Zas puso cara de bobo, los párpados caídos, las comisuras de los labios hacia abajo. Su amiga decidió pasar de él.

—Tengo la sensación de que Urso debe acudir a la cita sin remedio. No está invitado, sino que le obligan a asistir.

—Aquí hablan de un payaso. Que yo sepa, ahora no es temporada de circo —afirmó Zas.

Micro torció el gesto. Guiñó los ojos y observó el panorama a su alrededor. Clavó la mirada en el muro de una casa en ruinas. Sonrió y se mordió el labio inferior antes de decir:

—Zas, te equivocas... como siempre. Mira allí.

Un grupo de marineros pasó en ese instante junto a Los Lagartijos armando gran bullicio. Se gastaban bromas; se empujaban los unos a los otros; se atizaban golpes y puñetazos en las costillas. Todo esto parecía divertirles un montón.

En el grupo había además tres mujeres. Dos de ellas caminaban apoyándose sobre los marineros; sus brazos alrededor del musculoso cuello masculino. No estaba claro si era porque les querían mucho, o porque pretendían estrangularlos allí mismo. La tercera mujer era fea como una morsa y quizá por eso no se abrazaba al cuello de nadie. Caminaba dando zancadas sobre unos zapatos de grueso tacón y, al oír el sonido de sus pasos, la gente podría

MEGA MIX
TROLEROS MUERTOS
CATIRRINO MUSIC-HALL
CHIN-CHIN
"los mejores acróbatas animales"
CACA
LOCO
BEBO PANTA LIMÓN
SÓLO FIN DE SEMANA
"Las mujeres sabias" de Molière
NO HAY ENTRADAS
BEBA Loca-Loca
LOLA
TONTO EL

llegar a pensar que se acercaba una estampida de búfalos. Su pelo rojo, rizado y áspero, se le disparaba hacia ambos lados de la cabeza. Bajo una nariz excesivamente pequeña, exhibía unos labios excesivamente grandes y profusamente maquillados con carmín oscuro.

La mujer se detuvo al pasar junto a Los Lagartijos y posó su vista sobre el papel amarillo que Zas sostenía en la mano. Una especie de cacareo hueco emergió directamente de su laringe; la boca de buzón abierta de par en par; el sonido entrecortado y bronco: *Cojj, cojj, cojj...* Por un instante, nadie tuvo claro si aquella mujer reía o tosía.

—*Cojj, cojj.* ¿Qué tenemos aquí? —preguntó a grito pelado.

El grupo de marineros, que se había alejado un poco de ella, interrumpió su marcha.

—Venga, mujer, que llegamos tarde —chilló alguien.

Ella no hizo caso. Se aproximó más a Los Lagartijos; los tacones aporreando el suelo; el pelo estropajoso temblando; las comisuras de los gruesos labios estiradas hasta las orejas, rompiendo su cara en dos mitades...

—¿Acaso buscáis aventura, eh, cachorrillos? *Cojj, cojj* —preguntó arqueando una ceja; las pupilas fijas en el papel amarillo.

—¡Eh, tú! ¿Vienes o no? —gritó alguno del grupo.

Ella hizo un movimiento brusco con la mano, como si quisiese espantar a un moscardón pelma. Los del grupo dijeron: —¡Bahhh! ¡Menuda loca! —y continuaron su camino reanudando los puñetazos y las risotadas.

La mujer entornó un poco los párpados y se encaminó despacio hacia Los Lagartijos. Su cuerpo se contoneaba como el de un elefante marino; los ojos ardientes; el dedo índice haciendo círculos en el aire.

—Venid con mamaíta. Yo enseño cosas buenas a cachorritos como vosotros. *Cojj, cojj.*

La lupa tembló ligeramente entre los dedos de Zas. Aquella tipa le pareció más peligrosa que un mono con un hacha. Micro contuvo la respiración e intentó cerrar los ojos. Notó unas garras en su hombro izquierdo que la empujaban, separándola de su amigo. Oyó la voz de la mujer:

—A ella no la queremos, ¿verdad mi rey? *Cojj, cojj...* —susurraba aquella hipopótama con peluca, acariciando la barbilla de Zas igual que si estuviese amasando una pelota de plastilina.

—*Yyyo ssí que la qqquiero* —temblaba él.

—Tienes cara de príncipe valiente, ¿eh oso polar? —insistía ella, escupiendo su aliento en el rostro del Lagartijo mientras apartaba a Micro de allí con una mano que más bien parecía una zarpa.

Un mohín blando y bobo se reflejó en la cara de Zas. La mujer le estaba hipnotizando con unas artimañas desconocidas hasta entonces para él. Micro tuvo el tiempo justo para reaccionar. Lanzó una mano hacia el papel amarillo, que se movía tembloroso en la de Zas, y se lo arrebató en un impulso rápido. Los ojos de la mujer siguieron el trayecto del papel, y su labio superior se curvó hasta tocarse la nariz, las comisuras hacia abajo, como si alguien acabase de tirarse algo extremadamente apestoso.

Zas parpadeó perplejo. La mujer volvió a emitir un *cojj, cojj* directamente fabricado en sus entrañas. Ahora no reía. Abrió su boca de buzón y luego la cerró estrepitosamente. Los dientes chasquearon unos contra otros: *Chack, chack.* Los Lagartijos se hicieron una idea bastante clara de lo que podría ocurrirles si aquella salvaje volvía a repetir ese gesto asesino. Seguro que la próxima vez se encargaría de introducir alguna parte de sus cuerpos entre la dentadura.

Micro sintió una punzada en el estómago, un escalofrío, un súbito temblor... y sus pies cobraron velocidad. Ignoraba cómo había empezado a correr, pero el caso es que ahora el viento golpeaba su rostro mientras, con el corazón desbocado, se abría paso y embestía contra el tumulto de gente que atestaba las callejuelas del puerto. Galopaba por el asfalto igual que si acabase de ver al mismísimo demonio. Tras ella, a trompicones, corría Zas.

—¡Micro, allí hay un taxi! ¡Corre! ¡Métete dentro del taxi!

Un taxi se acababa de detener en una esquina. Quizá había dejado a algún cliente, quizá se había parado allí por casualidad.

—*Cojj, cojj.* ¡Que alguien atrape a esos malditos niños! ¡Que alguien haga algo para que no escapen! —aullaba la mujer a sus espaldas, los tacones acribillando el asfalto con un sonido idéntico al que haría una manada de mulas.

Los amigos lograron alcanzar el taxi. Se introdujeron en la parte trasera y cerraron la puerta con tal impulso que el conductor se quedó pálido de la impresión.

—¡Arranque! —gritaron al unísono Los Lagartijos mientras bajaban los seguros de las puertas.

La mujer entonces apareció por un lateral como una tromba. Todo su cuerpo chocó estrepitosamente contra el vehículo; su masa de carne empotrada en la carrocería, el taxi sacudido igual que un trapo al que se le estuviese quitando el polvo.

—¡Arranque de una vez! —volvieron a vocear.

El taxista estaba estupefacto, tembloroso, las pupilas fuera de órbita, su precioso taxi a punto de ser machacado por los impactos de una fiera. Ahora la fiera se lanzaba contra una puerta, aporreándola, zarandeando sin éxito la manilla. Golpeó el cristal con las palmas de las manos, las uñas granates asomando como garfios en el extremo de sus dedos. A punto estuvo de romper la ventana, pero como no pudo, se colocó a toda velocidad frente al motor, el rostro desencajado, los zapatos de tacón sacudiendo la carrocería delantera. Entonces el taxista, por fin, decidió apretar el acelerador. Las ruedas chirriaron y un reguero de chispas salpicó el asfalto. La mujer se apartó, temerosa de morir atropellada.

Desde la ventana trasera, Los Lagartijos pudieron ver sus afiladas uñas granates amenazándolos y los gruesos tacones socavando con furia el pavimento mientras ellos, sanos y salvos, se dirigían al fin hacia algún lugar más seguro.

CAPÍTULO ONCE

Pesadilla

Micro y Zas dijeron al mismo tiempo *¡Uf!* Se limpiaron el sudor de la frente, desdoblaron el papel con el laberinto que Micro llevaba estrujado en una mano y se relajaron, la cabeza apoyada en el respaldo del asiento trasero.

—Vosotros diréis dónde vamos —preguntó el conductor del taxi mirando a Los Lagartijos a través del espejo retrovisor, sin volver el rostro.

Ellos dieron la dirección del hotel de G.J. Deseaban reunirse enseguida con él en el Iglú.

El hombre no dijo nada; ni el más mínimo comentario, ni una sola pregunta. Se notaba que era un tipo de pocas palabras; y posiblemente también de pocas ideas. Enfocó sus ojos grises hacia el frente durante un instante. Luego se colocó unas gafas oscuras que no servían para mucho, porque era casi de noche. Apretó su prominente mandíbula y se limitó a conducir como si hubiese olvidado ya todo lo ocurrido minutos antes. Manejaba el volante con el dedo meñique tieso, en el que exhibía una uña extraordinariamente larga y amarillenta.

El taxi cruzó veloz las estrechas callejuelas de la zona portuaria, sorteando con destreza a la gente, a perros flacos, consumidos por las garrapatas, y también a las ratas que de vez en cuando cruzaban por aquí y por allá. La ropa gris, que colgaba en las fachadas grises, se hizo cada vez más pequeña mientras el taxi se alejaba. El vehículo pasó a lo largo de todo el muelle, sorteando grúas, carretillas elevadoras, cajas de madera y grandes sacos de color marrón.

En el interior del coche, la suciedad del puerto, los barcos, el olor a pescado, el bullicio de las tabernas, los restaurantes chinos llenos de gente china, la pensión Wo-Chan... en el interior del coche, todas esas cosas se alejaron hasta parecer cada vez más distantes y antiguas.

—Hay que ver lo que se ha perdido G.J. —resopló de pronto Micro.

Zas pegó un respingo en su asiento.

—¡La apuesta! —exclamó agitado—. ¡Tengo que conseguir diez uñas de pies para mañana!

—Tranquilo. De aquí a mañana tenemos que solucionar cosas importantes, como por ejemplo, el significado exacto del laberinto —comentó Micro señalando el papel amarillo.

Zas hizo una mueca de asentimiento y se acomodó en el asiento del coche. Se dispuso a dormir un poco. Estaba agotado.

El vehículo se alejó de la zona portuaria. Atravesaron una avenida de casas bajas. Luego se introdujeron en una calle oscura muy larga.

Zas roncaba. Mientras tanto, Micro miraba distraídamente el recorrido del taxi. De pronto abrió mucho los ojos y se incorporó en el asiento. Pegó la nariz al cristal, se giró, arrugó el ceño. El rumbo que había tomado el vehículo era de lo más extraño.

—Oiga, se ha confundido. La calle donde vamos está en sentido contrario.

El hombre no respondió. Sus gafas oscuras miraron a Los Lagartijos a través del espejo retrovisor; la uña del dedo meñique tiesa como un espadín; la mandíbula apretada; la expresión de hielo. Quizá, de pronto, estaba estreñido.

El taxi giró un par de veces a toda velocidad. Las ruedas chirriaron, provocando chispas en la calzada. El conductor enfiló una calle sombría, tenebrosa, cuyo asfalto se hallaba en muy mal estado. Paró en seco junto a un edificio con aspecto de almacén abandonado. El conductor descendió del coche y se dirigió hacia la entrada.

Micro no daba crédito a lo que estaba ocurriendo. Tenía que tratarse de una pesadilla. Intentó abrir la puerta del coche. Estaba cerrada, el seguro firmemente introducido, imposible de accionar. No, no se trataba de un mal sueño ni de una pesadilla. La situación era real, y les afectaba a ellos. Desesperada, dio un codazo a Zas, que seguía dormido. Él se arrebujó en su asiento y abrió pesadamente un párpado.

—¿Ya hemos llegado? Pues Microbia, siento decirte que no tengo dinero. Paga tú, ¿vale?

—Zas, creo que nos acaban de secuestrar —susurró Micro con la voz entrecortada.

—Tú alucinas colega. ¿A quién le interesamos? Nosotros no tenemos dinero —dijo en tono pastoso.

—Sí, pero en cambio, tenemos esto —Micro señaló el papel amarillo con el laberinto—. Creo que aquí se esconde algún secreto importante, aunque todavía no lo hayamos descubierto.

Zas se incorporó en el asiento de golpe. Miró incrédulo a través de las ventanas, agitó sin éxito la manilla de la puerta. Nada, todos sus esfuerzos resultaron inútiles.

Dos hombres fornidos salieron del edificio. Uno de ellos tenía los hombros anchos y los pies pequeños; la piel curtida por el sol, la barbilla prominente, la boca hundida, la mandíbula tensa, los ojos tras unas gafas negras. Iba vestido con un traje oscuro sobre una camisa gris abotonada hasta la nuez. El otro hombre era idéntico. Quizá no habían nacido el mismo día de la misma madre, pero probablemente su profesión los había convertido en una réplica perfecta el uno del otro.

Ambos se colocaron a la altura de las puertas traseras del taxi. Los Lagartijos se acurrucaron en el centro del asiento, lo más lejos posible de aquel par de orangutanes gemelos. Luego apareció una mujer pequeña y frágil vestida de oficinista, pañuelo de seda al cuello, tacones, un moño tieso, los ojos pintados tras unas gafas de oro. Hizo un gesto brusco de asentimiento e, inmediatamente, las puertas del taxi se abrieron como por arte de magia.

—Brutus, Brotus... podéis proceder. Repito. Podéis proceder —se limitó a decir la mujer escuetamente.

—¿Los linchamos ya, jefa? ¿Procedemos a torturarlos aquí mismo? —preguntaron Brotus y Brutus al unísono, remangándose la chaqueta y la camisa.

—Tranquilos, muchachos. Repito. Tranquilos —calmó la del moño tieso a las fieras, a quienes, por lo visto, había que repetírselo todo dos veces.

Brutus y Brotus entendieron perfectamente el significado de tan breves y repetidas palabras; aunque se notaba con claridad que no eran precisamente las que ellos hubieran deseado oír.

Malhumorados abrieron las puertas del taxi; introdujeron sus inmensos brazos y, asiendo a Los Lagartijos por la ropa, los sacaron del coche igual que quien extrae una bayeta vieja de un contenedor de basura, es decir, a sacudidas.

La mujer pequeña puso un dedo más tieso que su moño y señaló el interior del edificio. Brutus y Brotus, atravesaron las puertas del almacén con Los Lagartijos a rastras. En el trayecto se cruzaron con el taxista, quien, visto fuera del coche, tenía exactamente la misma pinta de orangután gris que los otros dos; idéntica mandíbula, boca hundida, gafas, traje y uña larga, amarillenta, coronando el dedo meñique.

—Buen trabajo, Bratus —dijeron Brotus y Brutus a la vez.

Entonces su clónico, o replicante, o trillizo, alias el taxista Bratus, avanzó el puño con el pulgar extendido hacia arriba e hizo un movimiento corto y seco en señal de agradecimiento, mientras sus estrechos labios esbozaban una escueta sonrisa donde brilló un colmillo plateado.

El interior del edificio consistía en un gran espacio desnudo flanqueado por cuatro paredes también desnudas, sin puertas ni ventanas. La única luz provenía de la entrada, donde había una cristalera parecida a la de un escaparate. Hacía tanto frío allí dentro como en el Iglú. Sobre el suelo de cemento se veían de vez en cuando cartones y papeles de embalaje que alguien habría dejado atrás en la última mudanza. La única decoración del lugar consistía en un cubo de basura y en un extintor de fuegos empotrado tras un ventanuco de cristal. Eso era todo.

—Brotus, los ojos —dijo Brutus.

—¿Destruyo? —preguntó el tal Brotus con expresión entusiasmada.

El otro emitió un sucinto gruñido. Su clónico entendió. Quedó definitivamente demostrado que aquellos Brotus, Bratus y Brutus no eran precisamente adictos a las palabras. El llamado Brotus sacó una pistola del interior de su chaqueta.

—¡NOOO! —gritó Zas con todas sus fuerzas.

Por un momento creyó que le iban a arrancar los ojos a balazo limpio; pero en lugar de eso, el gorila Brotus se aproximó al extintor de fuego y se lió a tiros contra el cristal que lo protegía. Luego introdujo una mano y extrajo cuatro mascarillas, de esas que utilizan los dentistas o los cirujanos para taparse la nariz y la boca cuando están realizando alguna intervención. Los Lagartijos observaron la maniobra con espanto, todo era muy extraño en aquel lugar.

Brutus el orangután obligó a Zas a ponerse una mascarilla en cada ojo. Él dudó durante unos instantes, pensó que el tipo aquel se había vuelto completamente chalado, e hizo ademán de colocarse una correctamente, es decir en la nariz; pero de las fauces de Brutus salió un mugido amenazador, y no tuvo más remedio que seguir sus órdenes.

Aunque Micro tenía mucho miedo, tuvo que reprimir una carcajada cuando contempló la pinta de Zas con una mascarilla en cada ojo. Parecía un saltamontes pálido. Enseguida ella adquirió un aspecto similar.

En cuanto el inverosímil antifaz quedó instalado, se oyó el chirrido de un objeto metálico e, inmediatamente después, un estruendo parecido al que produce una pared que se derrumba. Micro y Zas fueron conducidos a ciegas a través del local vacío, con las cuatro mascarillas colocadas sobre los cuatro ojos. Dieron veinte pasos, al cabo de los que volvió a escucharse el mismo sonido de antes. Habían atravesado una pared secreta, o algo por el estilo, que ahora volvía a camuflarse para pasar desapercibida a los intrusos.

Entonces alguien les destapó los ojos.

CAPÍTULO DOCE

POPAS

Estaban rodeados. Un enjambre de gente pululaba por doquier, la mayoría vestida con una especie de uniforme gris. Todos iban deprisa; la cabeza tiesa, la mirada concentrada en un solo tema. Doscientos teléfonos sonaban a la vez en doscientos sitios diferentes. Ninguna persona parecía disponer de tiempo para ocuparse de Los Lagartijos.

—Por aquí —ordenó la mujer pequeña con gafas de oro.

Atravesaron mesas atestadas de papeles, prensa, material de oficina y ordenadores. De vez en cuando, Los Lagartijos tenían que echarse a un lado para no ser arrollados por una avalancha de tipos que corrían atropelladamente, sin reparar en los obstáculos del camino. Quizá iban a solucionar una emergencia; quizá eran conducidos por una fuerza superior; quizá simplemente tenían ganas de hacer pipí.

La mujer pequeña, con su moño tieso, condujo a Los Lagartijos hasta una puerta grande, metálica, que se accionaba con un volante similar al de un cuarto acorazado. Giró el manubrio de derecha a izquierda y luego al revés. Hizo esta operación varias veces seguidas hasta que, por fin, la puerta emitió un *clic* y se abrió sola. En el interior se proyectaba un pasillo negro como una cueva.

—Yo iré primero —graznó—. Niña, cierra la puerta en cuanto hayas entrado —ordenó tajante a Micro.

Dentro del pasillo reinaba un vacío siniestro. Al otro lado había quedado el estrépito de los teléfonos, de las carreras para atender emergencias o para hacer pipí. Micro había cerrado tras de sí la puerta metálica, tal y como había mandado la mujer del moño; y ahora no veían ni oían nada... se hallaban en el centro de las más absolutas tinieblas.

Los Lagartijos notaron cómo una mano les asía por la nuca. Era fuerte, delgada y estaba tan fría que a ambos se les puso la carne de gallina.

—Yo os guiaré —dijo la voz de la del moño.

Ellos se dejaron conducir a ciegas por la mano firme de la mujer. Oían su pañuelo de seda rozando el viento y los tacones apuñalando el suelo. Aquella individua se manejaba en la oscuridad tan bien como a plena luz del día. Puede que se orientase mediante ultrasonidos, igual que un murciélago; puede que, simplemente, se tratase de una ciega extraordinariamente hábil.

Habían dado veinte pasos cuando, de pronto, una luz imponente emergió frente a ellos haciéndoles daño en la vista. Parpadearon, se cubrieron parcialmente los ojos para acostumbrarse a la nueva situación. Poco a poco pudieron distinguir un despacho, quizá se tratara de un laboratorio iluminado por luces blancas, flanqueado por paredes blancas que se elevaban sobre un suelo también blanco sobre el que trabajaba un grupo de gente vestida con batas inmaculadamente blancas.

—Esperad. Repito. Esperad —ordenó la del moño con voz de urraca, y desapareció dejándoles en medio de ese escenario exento de color.

—La pequeña gran mandona ha dicho que esperemos; repito; que esperemos —comentó Zas imitando el tono estridente de la mujer.

El despacho consistía en un recinto cerrado con una enorme mesa de laboratorio plagada de todo tipo de instrumental químico. El grupo de científicos con bata blanca se afanaba en estudiar las partículas de un aparato azul. Los Lagartijos aguzaron la vista. Sí; no había duda, la máquina azul era el teléfono de una cabina pública, aunque resultaba complicado reconocerlo por lo descuartizado que lo habían dejado aquellos científicos. Cada tornillo, cada clavija, cada cable, cada pieza, por pequeña que fuese, era escrutada con el microscopio.

Micro señaló la mesa y susurró al oído de su amigo:

—¡Qué raro! ¿No es ése el teléfono de la cabina que hay junto a la casa de Urso?

—¡Es cierto! —exclamó Zas dándose una palmada en la frente, y poniendo seguidamente cara de dolor porque había olvidado el chichón que ahora, tras la palmada, le dolía un montón—. Es el mismo aparato que ha robado un mendigo esta mañana. ¿Por qué estará ahora aquí?

Zas extrajo su lupa y una pequeña linterna de bolsillo. Se encaminó hacia el montón de tornillos y cables, abriéndose paso entre el grupo de científicos.

—Con permiso —se limitó a decir mientras dirigía la lupa sobre las partículas del teléfono desparramadas por la mesa.

—Muchacho, más vale que apartes tus sucias manos de ese artefacto —ordenó hosco el científico más viejo. Su piel parecía de cera. Todo en él era pálido y desabrido. Posiblemente jamás había tenido vacaciones. Llevaba unas gafas grandes, transparentes, parecidas a las que usan los investigadores que salen en las películas de la tele.

Zas se puso en jarras y se dirigió al científico antipático atravesando con sus pupilas el sólido plástico de las gafas.

—Si están ustedes buscando huellas en ese teléfono, lamento informarles que no encontrarán nada... que pertenezca a un ser humano —dijo orgulloso.

Inmediatamente se produjo un revuelo de murmullos. El grupo de sabios con bata blanca rodeó a Zas. Le miraban igual que si hubiese hablado en checo.

El científico jefe se quitó las gruesas gafas con una sola mano, atravesando su rostro con gesto rápido.

—¡Extraordinaria hipótesis, muchacho! ¿Cómo puedes confirmarla? —preguntó con una ceja levantada y el ojo contrario a medio cerrar. Hablaba raro el tipo aquel.

—Mira rostro pálido; eso está *tirao* —respondió Zas introduciendo los pulgares en sus axilas—. Yo sólo sé que la última persona que utilizó ese teléfono era un canguro extraterrestre.

Un eco de voces aunó su estupor en torno a Zas. Los científicos estaban asombrados. Repetían ¡Ooohh! ¡Ahhh! ¿Ehhh? Abrían los ojos y las bocas. El jefe apoyó sus manos en los hombros de Zas y se apoderó de sus pupilas.

—Muchacho. ¿Has dicho la palabra *extraterrestre* acaso?

—Extraterrestre, UFO, mutante, abducido; si es que ustedes prefieren llamarlo en plan técnico. El caso es que un *ser* de otra *galaxia* que saltaba como un canguro, utilizó este teléfono, lo cual es un poco raro porque yo siempre había creído que los intergalácticos se comunican por ondas tochísimas, extrasensoriales y todo eso...

Los ojos de los científicos se posaron alarmados en el rostro de Zas. Por un momento pensaron que tenían frente a ellos a un chico pletórico de chaladura.

Entonces Micro irrumpió en la escena.

—Bueno, a lo mejor no se trataba exactamente de un extraterrestre, pero de lo que sí estamos seguros es de que era medio transparente y medio fluorescente. Alguien así no deja huellas, ¿comprende?

De nuevo se oyeron grandes cantidades de ¡Ooohh! ¡Ahhh! ¿Ehhh? La noticia de Micro dejó a todos pálidos de asombro y aflicción. Habían estado trabajando en vano. Efectivamente, en el teléfono no se habían encontrado huellas de nadie.

—Muchacho, este artefacto era nuestra última esperanza para poder desenmascarar a un individuo extremadamente peligroso —murmuró el científico jefe al borde de las lágrimas.

—¿Es de otro planeta, por casualidad? —preguntó Zas haciéndose el entendido.

—No, hijo, no. El sujeto en cuestión es terrenal y material como tú y como yo.

—Entonces, ¿por qué es tan peligroso? ¿Acaso maneja bombas nucleares, artilugios propulsores sísmicos, mecanismos destructores de la humanidad, o qué?

—Peor, peor —murmuraba desolado el científico.

—¿Peor?

—Sí, muchacho, sí. El sospechoso se hace llamar Wen-Fú y sabemos que ha descubierto una fórmula magistral para... bueno, eso forma parte de un secreto altamente confidencial.

El científico jefe cerró los dedos y se miró las uñas de las manos. Movió la cabeza compungido, invadido de aflicción. Luego siguió hablando sin levantar la vista.

—Sabemos que planea un golpe maestro en nuestro país; pero antes, debemos desenmascararle. Sólo así podremos evitar una catástrofe.

—¡Wen-Fú! —interrumpió Micro con un grito—. ¡Yo he oído ese nombre antes!

—Claro *tron* —intervino Zas en plan chulo—, como que es el nombre de una marca de galletas para gatos.

—¿Qué tonterías estás diciendo? —se sorprendió Micro—, Wen-Fú es la persona que Urso mencionó antes de... bueno, ya sabes.

En ese preciso momento la puerta se abrió de sopetón; produciendo un remolino de aire que hizo volar algunos papeles. La mujer pequeña del moño tieso se introdujo en el despacho blanco.

—Que venga El Sucio. Inmediatamente, repito, inmediatamente— ordenó con voz de mando.

Enseguida entró un mendigo cuajado de harapos marrones... el mismo mendigo churretoso que había robado el teléfono de la cabina durante la mañana... el mismo mendigo a quien la jefa llamaba, con razón, El Sucio.

Posteriormente aparecieron los clónicos asesinos Brutus, Brotus y Bratus. Lo hicieron a trompicones, sin demasiada elegancia. Se notaba que acababan de tener serios problemas para atravesar el pasillo oscuro con gafas oscuras.

El mendigo, alias El Sucio, aproximó sus harapos a Los Lagartijos, el ceño arrugado, las uñas de las manos largas y más negras que el alquitrán, los ojos afinados como los de un cocodrilo. Cuando se halló muy cerca de sus cuerpos, abrió las fosas nasales y olió la parte superior de la cabeza de Micro y el chichón de Zas.

—Son ellos —informó a la mujer.

—¿Estás completamente seguro? Repito; ¿completamente seguro? —preguntó ella.

—Mi olfato es fino como el lino, y jamás falla... Son ellos, pero os habéis dejado a uno.

—¿Cómo es posible tal cosa? —se sorprendió la mujer.

—Yo sólo digo que estos dos estaban en la plaza junto a otro chico gordo y a un hombre que iba en camiseta, aunque este último no parecía estar en el cotarro.

Los clónicos trillizos se revolucionaron nada más oír estas palabras. Avanzaron sus corpachones; elevaron uno de los lados de sus labios, el colmillo plateado brillando en medio de su dentadura; se remangaron las chaquetas; la uña larga del dedo meñique queriendo apuñalar a alguien.

—¿Los linchamos, jefa? ¿Podemos torturarlos ya?

La mujer dio un taconazo tan fuerte en el suelo que casi lo taladra.

—¡AHORA NO! —aulló, dejando a todo el mundo paralizado por el susto—. ¡Que venga Bruta inmediatamente! ¡He dicho YA! Repito: ¡YA!

Parte de los científicos trotó en dirección al pasillo negro. Al cabo de unos instantes todo el recinto quedó inundado por una voz femenina y dulce que salía de un megáfono:

—Bruta; llamando a Bruta. Bruta, diríjase a *popas,* Bruta.

Zas abrió mucho los ojos.

—¡Anda mi madre! La titi del micrófono ha dicho *popa.* ¿Estaremos en un barco?

Micro sonrió.

—No, Zas; ha dicho POPAS, no popa. POPAS son las siglas del lugar en el que nos encontramos; y por cierto, hay un lugar donde se lee lo que significan, ¿lo ves?

ALBÚMINA
COBALTO
TUNGSTENO
CÁMARA
CLORO
BÓRAX
CADMIO
ARSÉNICO
ALUMI
ÁZOE
SCIENT
CROMO
POPAS
TART
TARTR DE SODIO
MERCUR
CALC
BISMUTO
¡TAP TAP!
POPAS

CAPÍTULO TRECE

Dragónidus transparens

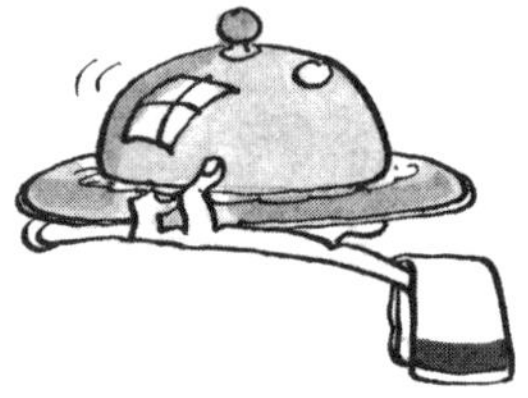

Los científicos que se habían ido trotando volvieron al despacho.

—Órdenes cumplidas, jefa. Ya han empezado a buscar a Bruta.

—Hatajo de inútiles. ¿Acaso creéis que estoy sorda? —rebufó la mujer pequeña, y el moño tembló en lo alto de su coronilla.

Pasaron unos minutos interminables. Sólo el gorgoteo hirviente de los tubos de ensayo alteraba el silencio del lugar. Zas se afanaba en buscar el significado de las siglas POPAS, hasta que por fin dio con lo que ya había visto Micro

—¿Pabellón Oculto para Agentes Secretos? —leyó encarando las cejas—. ¿Qué clase de nombre chungo es ése?

—Sospecho que no tardaremos en averiguarlo.

La del moño miró el reloj, y los científicos copiaron su gesto con expresión preocupada. Al cabo de un rato más bien largo, la mujer perdió la paciencia. Taconeó furiosa y se dirigió a los orangutanes clónicos.

—Brutus, Brotus, Bratus...

—¿Ya, jefa? ¿Podemos torturarlos ya? —exclamaron a la vez poniendo el gesto entusiasmado.

A la del moño se le hincharon las narices.

—¡NO! —gritó iracunda—. Buscad a Bruta de inmediato... me refiero a la agente Bruta, repito...

No pudo repetirlo porque la puerta se abrió como impulsada por una tromba. Una sombra monstruosa taponó la vista del negro pasillo exterior.

—*Cojj, cojj, cojj.* ¿A qué viene tanto lío, mi diosa? He realizado un trabajo impecable; de primera clase. Se me ordenó organizar la caza y captura de estos dos cervatillos y ¡aquí los tiene! *Cojj, cojj, cojj.* Todo ello sin levantar sospechas, jefa, de eso puede estar segura. Pregúntele a Bratus y ya verá lo que le dice. Él lo ha visto todo desde su coche disfrazado de taxi, ¿no es verdad, mi rey?

La inmensa mujer que persiguió a Micro y a Zas en el puerto ocupaba ahora el centro del despacho, plantada como una morsa con un estropajo en la cabeza, llamando *diosa* a la del moño y *rey* al taxista falso, señalando a Los Lagartijos. Su boca de buzón pintada de granate se agitaba al compás de esa risa, o tos, o cacareo estrafalario.

—¡Mandangas! —intervino de pronto el mendigo con un graznido—. ¿Trabajo impecable? ¡De impecable nada, monada! Más bien podríamos hablar de una sucia chapuza, de una ridícula estrategia, de una asquerosa...

—¡Mira quién fue a hablar! ¡El emperador de la mugre, el... *Cojj, cojj* —se ahogó la morsa del estropajo en la cabeza con un ataque de ira—. ¡Asquerosa estrategia dice! Resulta que YO he conseguido meter limpiamente a estos dos terneros en la jaula; YO también he salvado de la tumba al carnero bizco que estaba maniatado en aquella pensión de muerte...

—¿A quién ha dicho que ha salvado? —intervino Micro con los ojos muy abiertos.

—A un mocoso torpe y bizco que tiene un negocio de gusanos de seda y que... bueno niña, no interrumpas.

—¡Urso! Se llama Urso, ¿verdad? —gritó Zas.

A la morsa Cojj-cojj le rechinaron los dientes.

—ESTABA DICIENDO... —chilló sin responder a Zas—... que el príncipe de los mendigos, el soberano de los harapos, ha tenido la desfachatez de llamar sucia chapuza a mi plan perfecto. ¡No hay derecho! *Cojj, cojj* —voceó medio atragantándose de furia.

—¡Agente Bruta; agente Sucio! ¡Modérense! AHORA, repito, AHORA —chilló con voz autoritaria la del moño.

Todo el mundo enmudeció de inmediato excepto los gorilas clónicos, que se pusieron contentísimos.

—¿Actuamos, jefa? ¿Nos deja actuar ya de una vez?

La del moño se puso en jarras y taladró las paredes de la habitación con su voz de urraca.

—¡A ver! ¿Por qué falta aquí el niño gordo? —Parecía increíble que una mujer tan pequeña tuviese un timbre vocal tan potente.

Inmediatamente los agentes Sucio, Bruta, Brutus, Brotus y Bratus se lanzaron a dar tres mil explicaciones al mismo tiempo, echándose la culpa los unos a los otros mientras se empujaban o señalaban con un dedo amenazador.

—¡SILENCIO! ¡Que hable uno, repito, UNO! —aulló la jefa.

En esta ocasión, ninguno de los agentes se decidió a seguir esta última orden; así que Micro carraspeó y se dispuso a dar explicaciones.

—Nuestro amigo no nos ha acompañado al puerto porque le ha sentado mal el desayuno.

—Mi fino olfato me dice que esta niña sabelotodo miente —interrumpió el mendigo con el ceño fruncido—. El gordo en cuestión parecía muy glotón; de esos que pueden comerse cualquier cosa sin que su estómago proteste... supongo que ya saben a qué tipo de persona me refiero —clamó mirando sospechosamente hacia la morsa de labios granates, alias la agente Bruta. Ella hizo ademán de lanzar una patada contra el mendigo, pero se contuvo.

De nuevo reinó el silencio.

—¿Y cuándo se repondrá el niño gordo de tan inoportuna indigestión? —inquirió la del moño.

—Mañana tiene previsto desayunar de nuevo. Yo mismo estoy encargado de elegirle el menú —respondió Zas.

—Bien, en ese caso podremos contar también con la colaboración de ese chico grueso y no hará falta que tomemos *otras* medidas.

—¿Qué clase de medidas? —preguntaron horrorizados Micro y Zas.

—Unas en las que intervendrán Brutus, Brotus y Bratus. Supongo que son innecesarias más explicaciones.

—Pero, ¿qué quieren de nosotros? ¡Somos menores de edad! —irrumpió Micro preocupada.

—Jefa, ¿podemos lincharla por preguntona? —inquirieron los trillizos mostrando el diente plateado.

—¡BASTA! —bramó la del moño—. Ella es una aliada. Repito: a-li-a-da. ¡A ver si os entra de una vez en ese cerebro de molécula enclenque que tenéis!

Los orangutanes se rascaron una ceja con la uña amarillenta y larga del dedo meñique. Era su forma de demostrar su fastidio. La jefa entonces se colocó adecuadamente las gafas de oro y explicó:

—Nos encontramos aquí reunidos por un secreto secretísimo de trascendencia internacional. Nos ha llegado la noticia de que habéis estado en contacto con Wen-Fú; el canalla más conocido del mundo entero. Sabemos que está a punto de perpetrar su golpe maestro... pero no podrá llevarlo a cabo hasta conseguir algo extremadamente valioso que, por lo visto, vosotros tenéis, aunque probablemente ignoráis por completo su importancia.

—¿Nosotros tenemos algo valioso? —preguntó Micro incrédula.

—Exacto.

—Jo, ¡qué chachi! —exclamó Zas—. ¿Y qué es?

—Un *Dragónidus transparens.*

—Perdone. Si con ese nombre tan raro se refiere usted al canguro fluorescente, verá... en realidad el único recuerdo que nos ha dejado esa extraña criatura de humo ha sido éste —dijo Zas señalándose el chichón.

—Negativo muchacho, repito, negativo —cortó la jefa seria, regañando.

—¡Positivo, señora, positivo! —afirmó Zas levantando la voz, cruzando los brazos.

—Je, je —rió la del moño sin reír de verdad—, tiene malas pulgas el chico este. Verás hijo, te lo explicaré mejor. Wen-Fú no es un canguro, ni tampoco viene del espacio. Es una criatura, sí, pero terrestre y malvada como no hay otra igual.

El mendigo, alias El Sucio, interrumpió a la jefa y explicó:

—Ese villano, Wen-Fú, se mueve en ambientes chinos, y utiliza ese nombre a propósito, para que todos pensemos que es un ser humano venido de la China... pero nuestros agentes secretos han averiguado que ha nacido en Loeches.

—¡Aquí sólo hablo yo! Repito ¡Sólo yo! —gritó la del moño furibunda.

Uno de los matones clónicos intervino sin hacer ni pizca de caso:

—¡Cuente, jefa! Cuente a estos niños qué jugarreta se trae entre manos Wen-Fú con el *Dragon...* bueno, usted ya sabe.

—Procederé brevemente. El *Dragónidus transparens* es un pequeño animal, perteneciente al grupo de los anélidos...

—¿Qué es un anélido? —preguntó Micro en secreto a Zas.

—Ahora no estoy muy seguro. Creo que es un tipo de rana enana, o algo por el estilo.

La jefa continuaba hablando...

—Se distingue de otros animales de su especie por algunas características que pasaré a detallar: En lugar de una cabeza negra, el *Dragónidus* la tiene del color del fuego, moteada con pequeñas manchas marrones, razón por la que posee este primer nombre tan singular. Es muy voraz, herbívoro por supuesto. Su piel no se parece a un huevo duro; es algo más gelatinosa y de tono verdusco, porque a través de ella se transparenta el alimento que ingiere. Por esta causa recibe el nombre de *transparens.* Naturalmente, se trata de un bicho especial, poco común, muy apreciado por los emperadores de la China... aunque por motivos distintos de los que alberga la mente perversa de Wen-Fú.

—Este animal me suena un montón. Creo que lo hemos visto en alguna parte —susurró Micro en el oído de Zas.

—Claro, Microbia... nosotros visitamos el zoo, ¿recuerdas?

—No, Zas, creo que hemos tenido este bicho más cerca... no sé... yo diría que lo he tocado con mis propias manos.

La jefa miró su reloj.

—Es tarde y doy por terminada esta sesión. Mañana, a primera hora, quiero ver a todo el mundo aquí de nuevo... eso incluye al niño gordo, ¿entendido?

Todos asintieron excepto Zas.

—¡A qué viene esa cara de atún! —inquirió impaciente la del moño acercándose mucho al rostro del Lagartijo—. Aquí todo el mundo obedece mis órdenes sin chistar ¿eh?

—No, si... yo la comprendo, pero es que G.J., quiero decir, mi amigo el gordo, no puede venir sin haber desayunado previamente.

—Y eso qué tiene que ver.

—Mucho. No podemos deshacer la sesión todavía porque el menú de su desayuno está aquí. Debo ocuparme de recogerlo y llevárselo yo mismo.

Los clónicos mostraron entonces sus colmillos plateados y avanzaron unos puños amenazadores:

—Actúa deprisa, monigote, si no quieres que te coloquemos los ojos sobre los cordones de los zapatos—. Pronunciaron estas palabras con las muelas apretadas.

—*Tranquis,* ya voy —calmó Zas sacando unas tijeras de su bolsillo—. A ver, necesito que... —miró con detenimiento a todos los presentes—, necesito que Mendi *El Sucio* y que Morsi *La Bruta* se corten las uñas de los pies.

Un revuelo de voces invadió el despacho. Las tijeras brillaron con un destello en el centro del laboratorio blanco. El mendigo sonreía. Parecía satisfecho de que alguien se interesase por una parte de su cuerpo, cosa que jamás le había ocurrido antes. En cambio la morsa, alias agente Bruta, aullaba como si en lugar de las uñas, tuviese que cortarse las orejas.

Los clónicos saltaron emocionados, sonrientes, deseosos de poner en práctica sus métodos brutales. ¡Por fin! Locos de alegría, agarraron las tijeras y consiguieron que la petición de Zas se cumpliese de inmediato.

CAPÍTULO CATORCE

Uñas

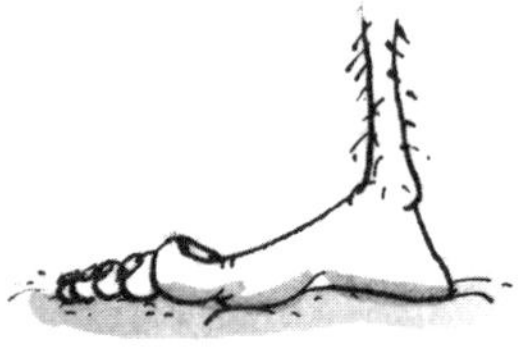

Sobre el plato de porcelana inmaculadamente limpio, figuraban cinco uñas granates, y otras cinco de color morado, tirando a marrón oscuro. Diez uñas de pies en total, repulsivas, abyectas, más grandes y cuadradas que de costumbre. Algunas tenían un poco de piel adherida al dorso y estaban ensangrentadas. Se notaba que los trillizos asesinos habían rebañando al máximo con las tijeras. Un trabajo perfecto, el suyo.

Zas observó el manjar.

—¿Crees que será capaz de comérselas? —preguntó a Micro con tono compungido.

—Hmmm, puede que se ponga a vomitar en cuanto las vea.

—Sí, con estas uñas sí... puede que otras no le den tanto asco, pero éstas son imposibles de comer... —comentó Zas cada vez más inquieto—. Mi bici nueva... mi padre me mata, te aseguro que me mata si la pierdo. A lo mejor si me la roban, no me mata tanto; pero si la pierdo en una apuesta... no quiero ni pensarlo...

—Tranquilo. Esas uñas son... bueno, a su lado los sesos rebozados me parecen un manjar exquisito, qué quieres que te diga.

—Tienes razón, pero... G.J. es el tío más cabezota que conozco. Incluso es capaz de no rendirse ni aunque tuviese que morir después.

—Yo no me preocuparía tanto. Seguro que en cuanto las vea se desmaya.

—¡Sí! —exclamó Zas entusiasmado de repente—. Y luego, cuando esté en el suelo inconsciente, vamos nosotros y le metemos un plátano en la boca... y hacemos que lo mastique, y que se lo trague.

—Claro; entonces ya no estaría en ayunas, y perdería la apuesta ¿verdad?

—Eso, *tron,* ¡qué plan más genial!

Más animado que antes, Zas se encaminó hacia las escaleras que conducían al desván. En el trayecto paró en seco y se dirigió a Micro, que le seguía.

—¿Y si no se desmaya?

—No te preocupes, creo que lo hará... con esas uñas perderá el conocimiento sin duda alguna.

—Mi bici... ¡Dios Mío, no dejes que la pierda! —pensó Zas justo antes de abrir la puerta del Iglú.

—No ha funcionado —graznó Zas al oído de Micro.

—Ya. Se las comido de una sola vez. Yo creo que le han gustado y todo, fíjate lo que te digo.

—Sí; y no le ha importado lo que le hemos dicho.

—Se ha quedado tan campante, ¡es increíble!

—Si a mí me dicen que las uñas están marrones porque justo antes de cortarlas han estado caminando sobre caca de vaca... yo me muero. Prefiero perder tres bicicletas como la mía antes de acercarme una sola de esas uñas a la boca.

—A lo mejor la caca de vaca le parece nutritiva; material para vegetarianos... ya sabes.

—Quizá deberíamos haberle dicho caca humana.

—Tienes razón. Probaremos mañana a ver qué pasa.

CAPÍTULO QUINCE

Sospecha

El taxi camuflado apareció en la puerta del hotel justo después del desayuno de G.J. Los clónicos parecían descontentos. No se ponían de acuerdo acerca de quién debía conducir; quién tenía que encargarse de amenazar a Los Lagartijos y quién no tenía nada que hacer. Los tres deseaban ocuparse de la segunda opción.

—¿Viene el gordo? —preguntaron en cuanto vieron aparecer a Zas y a Micro.

—Sí. Enseguida baja. Se está lavando los dientes.

—Pues se los incrustaré en las encías de un puñetazo como no aparezca ya mismo —amenazó Brotus, o Brutus o Bratus; no había forma de saber cuál.

G.J. se acercó al coche contento y jovial. No mostraba síntomas de malestar; había digerido las uñas divinamente, el tío. Llevaba todo un cargamento de plátanos en sus brazos.

—Oye, ¿eso qué es? —inquirieron entonces hoscamente los clónicos.

—Plátanos de Canarias —respondió G.J. un poco asombrado por el mal humor de aquellos orangutanes con pinta de botijo estreñido.

Sin mediar palabra, los trillizos se abalanzaron sobre G.J. y le arrebataron tres plátanos. Examinaron su exterior e interior con ojos de cocodrilo. Quizá nunca antes habían visto un plátano. Quizá no sabían si Canarias era el nombre de alguna persona; la dueña de los plátanos. Abrieron sus feroces fauces a la vez, el colmillo plateado brillando a pleno sol, y las cerraron de golpe una vez que habían introducido el plátano entero en su boca. Masticaron; la mandíbula bailando de izquierda a derecha y luego al revés; la mente concentrada en el sabor de la fruta.

—*Eppphhhectivaaeente e plátanu* —dijo uno de ellos.

—*Eppphhhectivaente* —respondió el otro.

—*Ppphhhí.* Y no tiene ningún *micróppphhhono* incluido.

Subieron al vehículo. G.J. tenía el gesto mustio, no porque las uñas de pies le estuviesen sentando mal, sino porque ahora su cargamento de plátanos se había reducido a la mitad. El taxi se detuvo en la casa de Urso. El clónico llamado Brutus se encaminó a la puerta de entrada. Estuvo hablando brevemente con la madre de Urso, que movía mucho las manos y hacía aspavientos. Brutus regresó al coche, la cabeza tiesa, las gafas oscuras sobre la nariz gorda y recta.

—El chico no puede venir. Calmantes. Los nervios medio rotos por lo que vivió en la pensión china.

—¿Procedemos a rompérselos del todo? Eh, Brutus, ¿le rompemos los nervios de una vez?

—Buena idea. Hablaremos con la jefa para que nos dé permiso.

G.J. susurró en el oído de Micro:

—No me dijisteis que Urso vendría con nosotros. ¿Qué...

No pudo terminar la pregunta. Uno de los orangutanes agarró su chaqueta con frenesí y murmuró en su cara.

—Escucha, piojoso. O la boca cerrada o la lengua arrancada. Tú eliges.

Hicieron el mismo trayecto que el día anterior sin pronunciar una sola palabra más; se pusieron las seis máscaras sobre los seis ojos; penetraron en el pasillo tenebroso; se cegaron ante la luz blanca del laboratorio blanco; tomaron asiento en el suelo junto a todos los agentes y científicos para oír lo que la del moño tenía que decir.

La morsa Cojj-cojj colocó su inmenso volumen en primera fila, justo delante de Los Lagartijos, tapándoles la vista de la jefa. Ésta había comenzado a hablar con gesto sereno y ademán de profesora experimentada.

—Nuestros servicios de espionaje nos han detallado en qué consiste el golpe maestro que Wen-Fú trama. Pretende robar todas las joyas de la Corona. Planea dejar a la Reina, al Rey, y por consiguiente a toda la Nación, sin una mísera brizna de oro que echarse al cuello.

—*¡Ufffff!* —murmuraron todos los oyentes escandalizados.

Micro no podía ver ni siquiera el moño de la que hablaba. Así que fijó la mirada en un solo punto localizado en la obesa espalda que tenía sentada justo delante.

—Está perdiendo pelo —pensó al observar una serie de cabellos caídos en la parte posterior de la chaqueta que llevaba la morsa Cojj-cojj. Eran pelos gruesos, largos, negros; y no rizados, cortos y rojos, como los de su cabellera auténtica. Esos pelos negros... ¿dónde los había visto antes?

—...Sabemos que Wen-Fú utilizará un método infalible para no ser capturado con las manos en la masa —continuaba hablando la jefa—. Dejaré la explicación de este punto a nuestro experto —concluyó.

El científico cara de cera se levantó en ese momento y tomó la palabra.

—El malhechor Wen-Fú ha descubierto una fórmula con la que su cuerpo se vuelve como el humo y desaparece.

—¡Ohhh! ¡Ahhh! ¿Ehhh? —clamaron los oyentes sin dar crédito a sus oídos.

—...No obstante... —continuó el científico—... Wen-Fú no se desvanece del todo; su perfil se vuelve verde fluorescente. Esta característica le hace más visible durante la noche; por lo que pensamos que actuará a plena luz del día.

—¿Cómo consigue hacerse invisible? —preguntó Micro extraordinariamente interesada.

—La fórmula magistral consiste en un batido de sustancia albuminosa coagulada, queratina, azufre, hierro y aceite negro. La combinación de estos ingredientes nos ha dado una pista definitiva: Wen-Fú utiliza pelo.

—¿Pelo? —preguntaron todos a una.

—Exactamente; todos estos elementos químicos se encuentran en el pelo. Sin embargo, para que Wen-Fú pueda obtener resultados satisfactorios, necesita uno muy grueso, de color negro e inmensamente largo. Es difícil encontrar un cabello de tales características en el ser humano.

Una sospecha iluminó la mente de Micro. Los pelos adheridos a la chaqueta que tenía frente a ella eran... Pidió a Zas la pista que G.J. les había entregado el día anterior; ese cabello enganchado al peine que Urso perdió en el salón del hotel. Lo acercaron con disimulo a la espalda de la morsa Cojj-cojj... Sí, no había duda. Idénticos.

El científico seguía hablando:

—Además de este tipo de pelo, Wen-Fú precisa un elemento crucial, muy escaso y valioso. Necesita un *Dragónidus transparens;* es decir, una clase de gusano de seda con la cabeza roja como el fuego de un dragón, mandíbulas potentes y piel que se contagia del color del alimento que ingiere. Se trata de un anélido en extinción, apenas quedan tres *Dragónidus* en todo el mundo. Wen-Fú se ha enterado de que hay algún ejemplar en nuestra ciudad; concretamente en la casa de un niño llamado Urso que se dedica a criar gusanos de seda.

La mujer pequeña del moño tieso se levantó de un salto y tomó la palabra:

—Los acontecimientos se han desarrollado de la siguiente forma: El sospechoso entra en contacto con el chico. Urso le cuenta que tiene *dos* gusanos de cabeza roja. No sabe que se llaman *Dragónidus transparens,* ni que son tan valiosos. Wen-Fú quiere comprárselos. Ofrece un buen precio. Se ponen de acuerdo en el lugar donde tendrá lugar la compraventa: una pensión china denominada Wo-Chan. Cuando el chico regresa a su casa ve con horror que en realidad no tiene *dos,* sino sólo *un Dragónidus.*

—¿Dónde está el otro? —preguntó G.J.

—Urso no lo sabe. Quizá se le murió; puede que se escapase o también puede que se lo vendiese a algún compañero de colegio, incluyéndoselo en un lote completo de gusanos. Él ignoraba que se tratase de un anélido especial. Urso acude a la cita con el único *Dragónidus* que tiene. Wen-Fú se lo arrebata, le amenaza y asegura que le matará si no entrega el segundo ejemplar en dos días... Ya conocen ustedes el resto de la historia.

—¡Mi amiga Micro lo tiene! —gritó Zas emocionado.

Se desató una conmoción general. Todas las pupilas se clavaron en Micro. La morsa Cojj-cojj giró su inmensa barriga, seguida de su obeso rostro; los labios granates estirados, tocándole las orejas. Parecía a punto de llorar de emoción.

—¡Duquesa de la sabiduría! ¡Salvadora de la humanidad! —gritó abriendo los brazos hacia Micro—. ¡Ven aquí, mi palomita tierna!

Micro temió morir asfixiada. En el interior de su corazón, algo le decía que su amigo Zas acababa de meter la pata.

—Pero Zas, hombre, ¿qué tonterías dices? —comentó tajante.

A la agente Bruta se le congeló el gesto. ¿Qué clase de broma pesada se traían estos tres macacos? Miró a Zas con ojos de anaconda. Él se puso colorado e intentó explicarse:

—¡Que sí Micro! ¡Por eso te sonaban tanto las características del *Dragónidus!*

—¡Claro! —interrumpió G.J.—. Es el gusano de la caja de cartón que está en el Iglú.

—Que no. Os equivocáis. Ese gusano es una oruga común —aseguraba Micro desesperada.

—Está en mi casa. En el desván de mi casa —explicaba G.J. animoso, chuleándose.

Entonces la morsa Bruta, o Bruta la morsa, dirigió su cuerpo hacia G.J. Aproximó sus labios granates y le susurró al oído:

—*Cojj, cojj.* Dime, bollito de merengue, ¿dónde está esa casa tan preciosa que tienes? *Cojj, cojj.*

G.J. se quedó de piedra, la barbilla blanda, los ojos circunspectos. Podía tolerar que le llamasen gordo o incluso mofletudo... pero lo de bollito de merengue... eso, desde luego, sí que no.

—Er; bueno, pensándolo mejor, puede que el gusano de mi casa no sea un *Dragónidus transparens* —gruñó—. Creo que se trata más bien de una lombriz ancha y pálida...

—*Cojj, cojj, cojj.* Venga, buñuelo de canela, con esa mentira tan boba se te puede agriar la nata... enséñame el gusanito; anda ricura *Cojj, cojj.*

El aliento de la agente Bruta golpeaba las glándulas olfativas de G.J. sin ningún comedimiento. Él estaba amarillo y tieso como una estaca. A nadie, ni siquiera a G.J. le resultaba fácil ese mal trago.

La jefa del moño miró inquieta su reloj.

—Se suspende la sesión —taladró los tímpanos del personal con su voz de urraca autoritaria—. ¡Fuera todo el mundo! Repito. ¡Fuera!

Los trillizos asesinos se emocionaron más que un mono con un periódico.

—¿Actuamos, jefa? ¿Les echamos a patadas de aquí? ¿Nos deja repartir zurriagazos ahora?

—¡Quietos!

—Jo, jefa, no sea usted borde, jefa. Déjenos matar un poco a alguien... sólo daremos unos cuantos navajazos; unos cortes de nada, jefa, venga...

—¡NO! Repito ¡NO! —aulló la jefa; el moño temblando de ira—. ¡Todo el mundo a sus puestos en el exterior! ¡Todo el mundo a seguir el plan acordado!

Zas se rascó el pelo pincho.

—Y nosotros, ¿qué se supone que debemos hacer?

La jefa cerró los ojos con fuerza. Escupió todo el aire de sus pulmones por los orificios de la nariz. Quizá estaba cansada. Quizá estaba pensando. Quizá simplemente, había recibido también el aliento de la morsa, alias agente Bruta.

—Vosotros debéis actuar como personas normales y corrientes, lo cual va a ser muy difícil porque ni sois normales ni tampoco corrientes; pero en fin... no conviene levantar sospechas —ordenó.

—*Cojj, cojj, cojj.* Si me permite usted una sugerencia, Reina Universal, creo que estos cigoñinos tan tiernos no deben quedarse a solas ante el peligro. Puede que Wen-Fú... —se agarró el pescuezo con sus manazas, sacó la lengua y se cortó a sí misma la respiración. Los mofletes se le pusieron llenos de venas moradas a punto de estallar. Soltó las manos, aspiró, sonrió y continuó—: *Cojj, cojj.* Humildemente me presto voluntaria para acompañarlos durante estos próximos días tan arriesgados.

—¡No hace falta! De veras, sabemos cuidarnos solos —exclamaron Los Lagartijos a la vez.

—Sí, jefa; no les haga caso. Ellos no saben nada de la vida, *cojj, cojj.* Son unos potrillos indefensos. Yo me haré cargo; ya sabe que tengo experiencia en este tipo de trabajo.

—Que no; que no —se horrorizaron Los Lagartijos.

—Que sí; que sí —insistía la morsa Cojj-cojj.

—Basta; repito; Basta —ordenó la del moño—. La Bruta tiene razón. Esta operación es de alto riesgo. Conviene que tengáis la debida protección. Ahora quiero ver a todo el mundo fuera. ¡A sus puestos!

El personal se levantó de un salto. Aquella pequeña jefa era realmente muy mandona. Los Lagartijos fueron conducidos al exterior. Una vez allí, se aproximó La Bruta. A plena luz del día parecía más bruta todavía que su propio nombre.

—Conejitos; nos reuniremos en vuestra madriguera dentro de dos horas. Antes debo ultimar algunos detalles, ¿de acuerdo?

No tuvieron más remedio que asentir.

—Micro, ¿estás segura de lo que hacemos? —preguntó Zas preocupado.

Los Lagartijos se habían ocultado entre un grupo de arbustos. Quedaba una hora para la cita con la Bruta. A unos veinte metros de distancia se distinguía multitud de carromatos, jaulas y material decorativo del recién instalado circo Chin-Chin. Un enjambre de payasos en pijama y saltimbanquis en leotardos ensayaban sus actuaciones. Las pelotas brillantes volaban por los aires, mezclándose con bolos y con cintas multicolores. También había animales: un elefante; tres tigres más bien tristes y cinco chimpancés algo despeluchados. A un lado podía divisarse una cuadra para caballos blancos como la nieve o negros como la tinta. Los animales pastaban, adormecidos por el suave sol del mediodía.

Micro afilaba la vista. G.J. y Zas no tenían ni idea de lo que hacían allí. Observaban el bullicio de los artistas de circo. De pronto su amiga se puso tensa.

—Allí está. ¡Sabía que vendría!

—¿Quién? ¿Dónde?

—La Bruta. La morsa. Se encamina hacia las cuadras.

—¿Para qué?

Contemplaron la escena sin poder creer lo que veían sus ojos...

CAPÍTULO DIECISÉIS

El circo Chin-Chin

Entraron en el hotel de G.J. precipitadamente. Llegaban tarde; Zas pasó antes por su casa para recoger a *Floro,* su halcón amaestrado. Esperaban que les saliese bien el plan que habían diseñado.

Desde el salón llegaban las voces de dos mujeres. Una de ellas pertenecía a la madre de G.J. La otra...

—*Cojj, cojj, cojj.* Esos tres mochuelillos, su primoroso hijo entre ellos, son unos estudiantes de primera, señora. Atienden en clase mejor que nadie; y eso que soy una profesora nueva... ya sabe usted las bromas que los alumnos gastan a los recién llegados, *cojj, cojj.*

—Ah, ¿sí? —se extrañaba la madre de G.J—. De manera que usted quiere premiar a mi hijo y a sus amigos por su buena conducta...

—Efectivamente, mi reina. Voy a invitarles a pasar la tarde conmigo.

—Y dígame, ¿ellos están de acuerdo? —se asombraba la señora Jaén.

—*Cojj, cojj.* ¡Deseando! ¡Impacientes! ¡Me adoran!

La madre de G.J. miraba atónita el estropajo que coronaba la mollera de aquella inmensa profesora.

—Y exactamente... ¿qué es lo que les enseña?

—El búlgaro, mi emperatriz.

—¡¿EL BÚLGARO?!

—*Aim narei is.* Eso quiere decir "Sí, reina mía".

—*¡Uf!* —suspiró la madre de G.J. aliviada. Ignoraba que el búlgaro fuese un idioma.

Los Lagartijos entraron en el salón. Ambas mujeres se levantaron de un salto. A la madre de G.J. le brillaba la mirada con inusitado resplandor. Estaba emocionada.

—Anda, Gerardito, chiquitín, dime algo en búlgaro —pidió exaltada, las manos entrelazadas como si estuviese rezando.

G.J. observó a su madre con ojos de búho miope. ¿Se habría vuelto chalada?

—*Cojj, cojj, cojj. Somnete saprí.* Eso significa que tenemos prisa; *cojj, cojj.*

La señora Jaén les dejó marchar arrebolada.

—¡Venga, florecillas de alhelí! *Cojj, cojj.* ¡Enseñadme el *Dragónidus transparens* de una vez!

—Lo sentimos mucho. No lo tenemos.

—¡¿QUÉ?! —voceó La Bruta con un tono parecido al que tendría el mismo demonio.

Justo en ese momento, Zas chascó los dedos y levantó un brazo. *Floro* acudió a su llamada. Mostró su majestuoso pico; las garras enormes; el plumaje imponente. Se posó sobre la punta de la visera de su dueño. Un poco frustrado, Zas bajó el brazo donde, en realidad, debía haberse colocado *Floro.*

—*Cojj, cojj.* Pero ¿qué tenemos aquí? ¡Un cuervo gigante!

—Sí. Es el cuervo gigante que se ha comido al *Dragónidus transparens*, precisamente —afirmó Micro tajante.

—¡Negro bicharraco del infierno! —aulló la Bruta arañándose a sí misma el rostro con sus uñas de garfio—. ¡Hay que abrirle las tripas! ¡Éste es un contratiempo de catastróficas consecuencias para la humanidad! *Cojj, cojj, cojj* —gritó y tosió a la vez.

—Podríamos llevarlo a un veterinario —interrumpió G.J.

—*Cojj, cojj.* ¡Claro que sí, mantecadillo de cacao! ¿Cómo no se me habrá ocurrido antes? Yo conozco a uno. Creedme, tiene experiencia; no le hará ningún daño a este gorrioncito tan travieso. Vamos.

—*Cojj, cojj...* ¿Cómo que no está el Matapulgas? ¿Dónde se ha metido ese inmundo medicucho de circo?

—*Nnnnooo llllo ssssé* —balbuceaba un pobre acróbata en leotardos, agarrotado y zarandeado por las zarpas de la Bruta.

La función de tarde había comenzado. La Bruta masacró el suelo a taconazos. Se dirigió a una caseta de madera con un letrero de cartón en el que figuraba una palabra en chino. Era una taquilla china atendida por una taquillera también china.

—*Cojj, cojj.* Flor de loto, ¿te quedan entradas?

—*Tenel* sólo fila *tles.*

—¿Estás segura? Mira bien, rollito de primavera; mira bien.

—Tú no *insistil. JJJChuff* —escupió la taquillera—. Tú fila *tles* o tú *malchal* a tu casa si no.

La Bruta agarró las entradas con la boca hacia abajo y gesto de sospecha.

—*Sel glatis* —dijo la china.

El gesto de sospecha se desvaneció del rostro de la morsa; el labio curvo hacia arriba.

—¡Ocupad estos asientos! Debéis seguir exactamente las instrucciones que se os vayan dando, ¿entendido? —Lanzó un brazo hacia *Floro*—. El pajarraco este se viene conmigo —ordenó autoritaria.

Floro emitió un graznido paralizante y amenazador. La Bruta retiró su mano deprisa; quizá asustada; quizá alegre porque el halcón no había arrancado de un picotazo todos sus dedos.

—*Cojj, cojj, cojj...* impetuoso animal, el jilguerillo este. A ver, tú, el dueño de este *floripondio* de las narices, ¡acompáñame!

Zas cumplió órdenes. No había peligro; estaba protegido por su halcón.

Micro y G.J. entraron en el circo. Se encaminaron a sus asientos: fila tres, asientos veintidós y veinticuatro.

En esos momentos, el director anunciaba la próxima actuación:

—¡Seññññoras y seññññores! ¡Niiiiñas y niiiiños! ¡Jóóóvenes y jóóóvenas! ... A continuación, el espectáculo más descomunaaal jamás visto. Para todos usteeeedes: ¡Los auténticos; majestuosos; increíbles... caballos del circo Chin-Chin!

Todas las piezas del mensaje que figuraba en el laberinto empezaban a encajar.

La pista se llenó de actuaciones, malabarismos y bullicios de toda índole...

Los acróbatas en mallas hacían maravillas con sus bolos de colores. Los trapecistas se jugaban la vida desde las alturas. Algunos payasos, vestidos con pijamas de brillante tejido, se arrojaban tartas entre sí. Un malabarista en taparrabos se metía teas de fuego en la boca. Una bailarina, bella y fina como una mandarina, cruzó la pista dando saltos más enormes que los de una gacela. Llevaba gafas; era una pena. Se dirigió, brinca que te brinca, al centro de la pista y, para sorpresa de todos, se preparó para lanzar puntiagudos puñales contra una persona atada a una plancha de madera.

El público aplaudió enloquecido de admiración.

La grácil bailarina, con su tutú tan tieso como su moño, comenzó a clavar certeramente los puñales en la silueta de su víctima: un individuo vestido de espantapájaros que, para rematar la alegoría, llevaba un pájaro grande y blanco sobre la cabeza.

Un séquito de corceles culminaba la belleza de la escena. Giraban en perfecto orden alrededor de la pista: primero uno blanco, seguido de uno negro, seguido de uno blanco, seguido de uno negro... Los blancos movían sus crines y colas con espléndida elegancia. Los negros no movían nada; alguien les había cortado el pelo... alguien con pinta de morsa estropajosa; alguien que reía y tosía al mismo tiempo.

—¡Mira! ¡Mira!—exclamó G.J.—. Allí están Brutus, Brotus y Bratus.

—Sí, y El Sucio... ¿Por qué se habrá sentado allí?

—Y el científico con la cara de cera. También se ha colocado en un lugar raro. ¿Dónde estará la jefa?

—No lo sé. Pero allí va la morsa Cojj-cojj. ¡Fíjate! ¡Lleva un vestido de payaso con cuatro botones!

—¿Y Zas? ¿Qué habrá hecho esa tía pirada con Zas?

—¡Horror! —gritó Micro—. Tenemos que hacer algo. ¡Mira dónde está!

10

CAPÍTULO DIECISIETE

Wen-Fú

Todo sucedió demasiado deprisa; en medio del griterío entusiasmado de los espectadores; en medio de la actuación; en medio de la pista.

Los corceles giraban, los trapecistas saltaban, los malabaristas guardaban el equilibrio, los payasos se tropezaban, los espectadores disfrutaban... la morsa Cojj-cojj daba zancadas mientras sostenía un cazamariposas en una mano. Su inmenso corpachón parecía más inmenso todavía dentro de aquel pijama de colores brillantes, adornado con cuatro botones de algodón.

El director del circo, vestido con chaqueta roja y botas de montar a caballo, aullaba a pleno pulmón a través de un micrófono:

—¡Señññoras y señññores! ¡Necesitamos un voluntario! ¿Quiere alguno de ustedes vivir una experiencia emocionante? ¡Acérquense, valientes voluntarios...!

En ese momento, Micro y G.J. abandonaron sus asientos de un salto.

—¡Nosotros! Eh, oiga. ¡Aquí! ¡Nosotros queremos salir voluntarios! —gritaron mientras corrían hacia la valla que separaba a los espectadores de la arena.

Los caballos trotaban en el borde de la pista; apenas dejaban sitio para colarse entre medias. Mientras tanto, la banda de música acribillaba los tímpanos de todo el mundo con una especie de charanga militar extraordinariamente ruidosa, con mucha trompeta y mucho choque de platillos...*Tachín, Tachín, Tarratarratachín...* Una charanga idéntica a la que Los Lagartijos escucharon en casa de Urso cuando vieron al fantasma verde, a Wen-Fú, la primera vez.

Micro logró colarse entre las patas de un caballo. G.J. lo hizo después. Nada más entrar en terreno libre de coces, llegó un payaso y le estampó una tarta de nata en la cara.

—¡Toma, voluntario!

—Ja, ja, ja —aclamaron los espectadores entusiasmados.

En el centro de la pista, Zas se notaba a punto de morir apuñalado por la bailarina del moño tieso. Le habían atado con las piernas y brazos abiertos. Tenía dos cuchillos clavados a ambos lados de su cuello, rozando su piel justo debajo de las orejas. Los demás puñales se repartían entre los dedos y los tobillos. *Floro,* con el plumaje pintado de color blanco, se sujetaba con las garras a la visera. Alguien le había tapado la cabeza con una caperuza para que no pudiese volar. El espantapájaros sudaba; la bailarina también.

—Maldita musaraña; condenado mastuerzo; ¿dónde está el *Dragónidus?* Repito, ¿dónde? —graznaba la del tutú antes de lanzar un cuchillo.

—Fffsssssss.... Toinnnggg —hacía el puñal al volar y al clavarse en el pantalón del espantapájaros.

—¡Contesta, miserable pulga coja! Repito. ¡Contesta!

—¡Socorrrrooo! —decía Zas con apenas un hilo de voz.

—*Fffsssssss.... Toinnnggg* —sonaba un nuevo puñal antes de introducirse en una manga.

—¡No estoy dispuesta a renunciar a mi plan perfecto! ¡Las joyas de la corona son para MÍ! ¡No puedo perderlas por culpa de un mentecato como tú! ¡No! Repito. ¡No! Así que, ¡Habla de una vez antes de que te arranque las tripas a puñaladas!

—¡Seññññoras y Seññññores!—gritaba el director a través del micrófono—. ¡Una niña! ¡Ha salido una niña voluntaria para ser acribillada por la bailarina de los puñales! ¡Un fuerte aplauso para ella!

La gente silbó y vitoreó a Micro, la voluntaria, que corría como un conejo mientras sorteaba pelotas, bolos, malabaristas, caballos y payasos.

—*Tachín, Tachín, Tarratarratachín* —hacía la banda de música.

La paciencia de *Floro* alcanzó su punto máximo. No veía nada, eso era cierto, pero estaba un poco harto de estar posado en el mismo lugar. Abrió sus imponentes alas y comenzó a batirlas. La red de un cazamariposas cayó sobre él como una tromba.

El público aplaudió entusiasmado.

—*Cojj, cojj, cojj.*

—¡Estúpida! ¡Me estás estropeando la escena! ¡Quita tu obesa panza del medio! —*Fffsssssss.... Toiiinnnggg.*

—No te acalores, señora de mi corazón florido. Si no llega a ser por mí, se te escapa el mochuelo. *Cojj, cojj.*

—Del pajarraco me encargo yo, ¿entendido? Repito... —la bailarina no pudo terminar su frase. Alguien la empujó bruscamente por detrás. Ella salió disparada hacia delante, con el tutú tieso y el moño descolocado por el impacto. Los puñales se cayeron al suelo.

El director del circo aulló a través del micrófono:

—¡La voluntaria! ¡¡ES UNA LOCA PELIGROSA!! ¡Que alguien retire de la pista a la niña voluntaria!

La Bruta corrió detrás de Micro blandiendo el cazamariposas. El público se levantó arrebolado, nunca habían presenciado una actuación tan emocionante y natural. La bailarina recogía los dos últimos puñales del suelo. Incluso los espectadores de la última fila veían sus ojos inyectados en sangre, y también una vena hinchada y gruesa que le bajaba por el cuello. Zas tembló. La fría hoja del cuchillo que tenía junto a la garganta se le hincó un poco. Sintió dolor, escozor y calor al mismo tiempo en el mismo punto. Estaba en una posición muy delicada; los brazos en cruz le dolían, pero no podía bajarlos. Los puñales se habían clavado con la hoja hacia arriba, tocando su piel. El más mínimo movimiento de descanso y, ¡zaca!... se quedaba sin ellos. Estaba a punto de ser descuartizado; al borde de la muerte. El pobre lo miraba todo, quizá por última vez en su vida, con ojos de espanto.

Mientras tanto, G.J. no miraba nada. La nata de la tarta le había apelmazado las pestañas.

—Babosa repugnante —aullaba la bailarina con el moño caído—. No tenías que haber metido tu apestosa visera en mis asuntos. Estaba a punto de ser rica. ¡¡¡Riquísima!!!

Guiñó un ojo tras las gafas de oro. Agarró el cuchillo por el mango; la punta enfocando directamente hacia la entrepierna de Zas.

—Éste es mi penúltimo puñal —*Fffssssssss.... Toinnnggg*—. Si no me dices dónde está el *Dragónidus transparens*, tendré mucho gusto en clavar justo en el centro de tu corazón el próximo.

—¡Socorrrroooo!

—Está bien, pestilente sanguijuela, tú te lo has buscado. Vas a morir. Adiós, repito, adiós.

Zas cerró los ojos y esperó. ¿Qué otra cosa podía hacer?

Se oyó *crack, paff*. Las luces se apagaron; la carpa de circo se había quedado a oscuras.

El público gritó, aulló y lloró de fastidio. No deseaban perderse tan brillante actuación.

En medio de las tinieblas, un objeto pesado se abalanzó sobre la bailarina. Ella pegó un brinco descomunal, increíble, parecido al de un canguro. Al salto siguió una brutal patada contra el objeto pesado. Acto seguido, un colmillo plateado rodó por el suelo.

Entonces, otro objeto pesado surgió de la nada. Se tiró en plancha, a ciegas, en plena oscuridad; pero un impacto seco, furioso, le hizo caer al suelo mareado. El cuerpo con el que había chocado durante el vuelo también cayó al suelo... en estado de coma.

Bruta la morsa bramaba, mugía, berreaba, ladraba, se ahogaba.

—*Cojj, cojj*. ¡Que alguien me quite esto de encima! ¡Socorro!

Un tercer objeto pesado se había sentado justo encima de su panza. Aunque la morsa era obesa y fuerte, el objeto que tenía sobre ella lo era más todavía.

—Buen trabajo, chicos.

—Gracias, jefe; estábamos deseando actuar de una vez.

—Sí, jefe. Por fin hemos podido masacrar a alguien. Por fin hemos aplastado y despachurrado a estas dos canallas. Ya teníamos ganas, ya...

—*¿Quémm* ha *passssado?... ¿Dómmmde esssstamossss?*

—Tranquilo, Brutus, tranquilo. Descansa, hombre. ¡Menudo golpe te ha dado esa bestia! Descansa.

El Sucio pellizcaba los mofletes de Brutus, a quien la bailarina había tumbado de una patada.

—Oiga, jefe, ¿podremos encargarnos de torturar a esas dos en la cárcel? ¿Nos deja arrancarles los pelos de cuajo? —preguntó Brotus, los puños apretados, el colmillo plateado desaparecido.

—Tranquilo, Brotus, ya veremos —le calmó El Sucio, al que ahora todos llamaban jefe.

—¡Quién iba a pensar que la bailarina, es decir la jefa, era en realidad Wen-Fú! —exclamó Micro.

—¡Y quién iba a pensar que la morsa Cojj-cojj es su hermana! —añadió G.J.

—De un tiempo a esta parte, en el Pabellón Oculto Para Agentes Secretos aparecían crines de caballo negro. Eso nos dio una pista. El científico empezó a observar con sus gafas de aumento ultrasónico todas las espaldas, todos los cogotes... Siempre había algún pelo de estas características enganchado en la ropa de la agente Bruta y de la jefa. Quedó demostrado que estaban asociadas; comenzamos a seguir sus pasos; averiguamos que ambas nacieron en Loeches, y que ambas pasaron su infancia en un circo. Ya conocéis el resto de la historia.

—¡Socorrrooo! —se oyó a lo lejos. Zas seguía colgado de unos puñales, clavado en una tabla de madera, sudoroso, cansado, a punto de llorar. Todos se habían olvidado de él.

Una avalancha de periodistas, reporteros y presentadores de televisión invadió las instalaciones del circo. Todos preguntaban; todos querían saber; todos solicitaban exclusivas. El señor director del colegio, que también había acudido al lugar, hablaba y contestaba a las entrevistas animado, orgulloso, atiborrado de emoción. Se notaba que tenía experiencia en este tipo de acontecimientos.

El Sucio hizo una señal. Los miembros de su equipo y Los Lagartijos salieron con disimulo. La prensa no se enteró; el señor director del colegio tenía acaparada su atención. Una vez fuera, El Sucio preguntó a cada uno qué es lo que deseaba como recompensa por el trabajo realizado.

—Yo, lo que de verdad quiero, son unas vacaciones al sol —dijo el científico cara de cera.

Brutus lo pensaba; la uña larga de su dedo meñique introducida en su oreja, escarba que te escarba. Bratus reflexionaba también; su uña larga metida en la nariz, hurga que te hurga. Brotus meditaba igual que sus clónicos; su uña larga empotrada en el hueco que había dejado el colmillo plateado, limpia que te limpia, rasca que te rasca.

—¡Yo ya sé lo que quiero! —exclamó Zas, sacando a todos de sus pensamientos—. Quiero las uñas del dedo meñique de los trillizos. Las quiero ahora, tal y como están en estos momentos. Me interesa especialmente toda la materia prima; toda la sustancia fresca que van a arrastrar consigo en cuanto salgan de los orificios donde están metidas.

—¡NOOO! —gritó G.J. desesperado... pero nadie le prestó atención.

CAPÍTULO DIECIOCHO

Fin de la apuesta

El parque se había llenado de gente. Hacía buen tiempo y todos deseaban aprovechar las últimas horas de esa tarde de domingo.

Urso se acercó a Micro. Estaba demacrado, exhausto, recién salido de una dura convalecencia. Nervios.

—¿Es cierto que *Floro* se comió al *Dragónidus?* —preguntó con voz cansina.

—No. Desde que Zas estuvo a punto de cargárselo, siempre lo llevo conmigo. Ahora lo he soltado un poco por aquí, para que tome el aire. ¿Lo ves?

Urso miró a derecha e izquierda. No lo veía. Entonces cambió de conversación: —¿Y qué ha pasado con las uñas de los trillizos? ¿Pudo G.J. con ellas?

—No, con ésas no. Vomitó en cuanto las vio. Pasó un mal rato, el pobre.

—Entonces, ¿ha perdido la apuesta?

—Sí; pero no le ha importado demasiado.

Urso observó el paisaje a su alrededor. Enseguida comprendió lo que Micro quería decir.

—¿De dónde la ha sacado? —preguntó envidioso.

—El jefe dijo que podíamos elegir una recompensa, y ésa es la que pidió G.J.

Urso miró a lo lejos y vio a G.J. todo congestionado. Llevaba un mechón del flequillo adherido al sudor de la frente mientras el resto del pelo se le volaba hacia atrás.

—Va rápido.

—Sí, va más rápido que una canica cuesta abajo —respondió Micro, y ambos comenzaron a reír.

FIN

Los Lagartijos. Un siniestro visitante que desaparece sin salir por la puerta. Una fábrica abandonada. Alguien que espía tras una esquina. Insectos sobre la almohada... Los Lagartijos se topan con un enigma a cada paso que dan.
Este libro incluye ilustraciones plagadas de pistas que resuelven un apasionante misterio.

Al entrar en clase, Micro se dio cuenta de que G.J. no había llegado todavía.

—¿Sabes qué le ocurre a G.J.? —preguntó a Zas, mientras dejaba caer la pesada mochila al lado de su pupitre.

Zas hizo una mueca y se encogió de hombros.

—Estará pegado a las sábanas; igual que todos los días —contestó mohíno.

—No me extraña. ¡Cada noche se acuesta en una habitación diferente! Así no hay quien duerma bien, —suspiró Micro.

—Lo que ocurre, es que tiene más cara que una pandereta, —gruñó Zas—. Si yo viviera en una casa como la suya, con 20 dormitorios...

—...Y 20 baños... —interrumpió Micro jocosamente.

—...Y una cocina gigante con una nevera apoteósica...

—...Más un comedor con 12 mesas y... ¡48 sillas!

Zas reflexionó unos segundos, se colocó la visera hacia atrás y comenzó a buscar algo en sus bolsillos mientras decía:

—Sí, sí, G.J. tiene una casa chula; pero lo que mola chachi

es que puede usar el desván como guarida privada..., —hizo una breve pausa y extrajo un muelle grande, brillante y dorado de su pantalón. Lo colocó con devoción en el centro de su mesa y continuó hablando—: Eso sí que flipa mogollón...

—¿Te refieres a ese trasto? —preguntó Micro señalando con la barbilla el muelle dorado.

—No; me refiero al Iglú.

—¿Al Iglú?

—Naturaca... —respondió Zas haciendo mucha fuerza con ambas manos para aplastar el muelle contra su mesa—, ...chola cantidubi eso de tener una guarida para ti solo y poder invitar a tus amigos siempre que te dé la gana.

Micro esbozó una mueca.

—Lo peor es el frío que hace en invierno —dijo con un ligero temblor de voz.

—¡Por algo se llama El Iglú!, tía, —exclamó Zas, mientras soltaba de golpe la presión sobre el muelle dorado. Éste subió como un tiro, rebotó contra el techo y salió disparado en dirección a la pizarra.

—¡Funciona! —exclamó Zas lleno de orgullo, pero nadie le hizo ni pizca de caso... nadie, excepto Urso.

Desde un pupitre próximo, Urso contemplaba la escena sin perder un solo detalle.

Urso era un chico nuevo, mayor, fastidión y bizco; que desde el principio de curso se había dedicado a incordiar a Zas sin descanso.

—Aquí viene Zas, el reptil más apestoso del colegio —comentó un día al verle entrar en clase, mientras le arrancaba de un manotazo su inseparable visera y se la tiraba por la ventana.

También a Urso le fastidiaban los amigos de Zas.

Nada más escuchar que G.J. tenía una casa de veinte dormitorios y un comedor con cuarenta y ocho sillas, Urso sintió una especie de vibración interior. Notó en sus entrañas un impulso perverso que le escocía por dentro y le incitaba a poner en ridículo a Los Lagartijos.

Así que comenzó a dar grititos absurdos, mientras arqueaba las cejas, cerraba los ojos, subía la barbilla y se empujaba la punta de la nariz hacia arriba con un dedo.

—Y a ti ¿qué te pasa?, tío; ¿estás pirado, o qué? —le gruñó Zas.

—Pues que resulta que en esta clase hay un *periquito* —dijo Urso mientras pronunciaba la última palabra con una voz estridente y majadera.

—¿Un qué?

—Un *chinorri* con *pelas*; un marquesito podrido de pasta, un...

—¿De qué habla el monicaco este? —preguntó Micro señalando a Urso como si oliese mal.

—¿De qué voy a hablar?, ¡de ése chimpancé con gomina, que se llama G.J...! —cacareó Urso—. ¿Quién diría que, con esa pinta, el nene dispone de ¡20 baños! para hacer *caquita*? —añadió con un tono histérico, mientras hacía estúpidos movimientos con las manos.

A Zas le entraron muchas ganas de darle un puñetazo en todos los morros, pero en lugar de eso, sacó una pequeña linterna de su bolsillo, y dándole con su luz en los ojos, le espetó irónico:

—¡Te has colao, melenao!, G.J. no es rico, ni nada de esas chorradas que estás diciendo. Lo que pasa es que te da rabia que todo el mundo, menos tú, sepa dónde vive.

Luego, muy ufano, apagó la linterna y se fue a su pupitre.

Entretanto Urso, parpadeando convulsivamente, comenzó a columpiarse sobre las patas posteriores de su silla para disimular su desconcierto.

En ese momento entró el profesor de matemáticas.

—Buenos días —saludó con voz animada. Observó el sitio vacío de G.J. y preguntó—: ¿Alguien sabe por qué no ha venido...?

Justo en aquel instante se abrió la puerta de golpe, y apareció G.J. con aspecto de haber corrido a toda velocidad.

—¡Perdón! —dijo casi sin aliento.

Mientras se encaminaba rápidamente hacia su pupitre, Urso le agarró bruscamente de un brazo y, poniéndose más bizco que nunca, preguntó en tono catastrofista:

—¡Eh, macho!, ¿tú dónde vives?

HOTEL
BAR
CAFE
CINE

alfaGuay